茶柱の立つところ

小林聡美

文藝春秋

茶柱の立つところ

目次

1 挑戦と発見のステイホーム

2 寄り合いのお楽しみ

3 私は私のパンを買う

4 未来へ連れていかれる日

装丁
鈴木千佳子

DTP
エヴリ・シンク

茶柱の立つところ

1

挑戦と発見のステイホーム

思い込み

ここ数年、すっかりスランプに陥っている。「今度こそ」とやる気を盛り上げても、スランプで抱く失敗のイメージは、そのやる気の裏にうっすらこびりついていてなかなか消えない。失敗のイメージにとらわれないようにしようと意識すればするほど、かえって焦げつく。

つまり餃子が上手く焼けないのだ。最後に自分の納得がいく餃子が焼けたのは、いつのことだったか。その記憶も朧なくらい挑戦しては敗北し続けている。

意地になっているのは、いわゆる焦げつき防止加工されていないフライパンを使って焼くこと。ひとり暮らしだし、料理を人にふるまうこともないので、調理器具はなるべく少なく、といいつつフライパンは鋳物の小、中、蓋つきの大を持っている。餃子は中で焼くことが多いが、冷凍した餃子を後日少量焼くのに、小もしばしば稼働する。以前は急場しのぎで買った焦げつき防止加工のフライパンをしばらく使っていたけれど、加工がガリガリ剝げてきたのをきっかけに、現在の鋳物に買い替えた。その前は鉄のフライパンを使っていた。洗った後に錆びないように空焚きしたりする手間も嫌いではなかった。それも引っ越しをしたりしているうちにいつの間にか手元になくなってしまった。

記憶をたどる。焦げつき防止加工のフライパンは、放っておいても餃子は上手に焼けた。では、鉄のフライパンの時はどうだったか。しかし鉄のフライパンで餃子を焼いた記憶がないのだ。眉間に集中してさらにさかのぼると、かつて餃子はすき焼き用の鍋で焼いていたのを思い出した。あの、木の蓋のついた底の平らな両手鍋だ。すき焼き鍋も鋳物だ。今手元にあるフライパンと同じ鋳物なのに、一体何が違うのか。底の厚さか。木の蓋か。その鍋も今は手元にない。その頃の餃子はいつも会心の出来で、皮のカリっとしたところとヤワっとしたところが絶妙だった。

私の餃子の焼き方は、①フライパンを中火で熱し油を引く②餃子をフライパンに並べ少し焼いたらそこに水を餃子の腰くらいまで注ぎ、蓋をして強火で蒸し焼きにする③蓋を取り水分を飛ばし、最後にちょろりとごま油をたらし香りと焼き色をプラス④濡れた布巾に鍋をジュっとのせてフライパンから剝がれやすくなったところを一気に皿へひっくり返す。これ、どこか違ってます？　ずっとこの焼き方できたつもりなのだけれど、このところ、この④でいつも餃子の底だけがフライパンから剝がれずに悲惨なことになってしまうのだ。平野レミさんの料理に、フライパンに餃子の皮を敷き詰めてそこに具をのせ、その上にまた皮をのせて焼く「食べれば焼き餃子」という豪快なものがあったが、わざわざ包んでこんなことになるなら、はじめから「食べれば焼き餃子」にすればええじゃないか、と、皿の上の惨状を見るたび、思うのだった。でも、あのひとつひとつの小ぶりな包みからジュワっと中身が出てくるところが餃子の醍醐味でもあるので、できればやはり「見た目も焼き餃子」でいきたいのだ。

私の包む餃子本体のほうに変化があったとは思えない。皮だっていつもの市販のものだし、中に詰めるものも別段おかしなものは入れていない。思い当たることといえば、焦げつき防止加工のフライパンをしばらく使っていたことか。もしかしたら、その期間に〝勘〟というものがすっかり鈍ってしまったのかもしれない。

人間の勘は、こんな風に鈍っていくものなのか。確かに、焦げつき防止加工のフライパンはらくちんだった。なんの緊張感もなく餃子が焼けた。失敗のイメージもまったくなく、言ってみればのびのびと餃子を焼いていた。焼いているという意識もないくらいに。その緊張感なくして料理を成功させてくれるところが、焦げつき防止加工のフライパンの利点だろう。しかし私は自分の美意識で鋳物のフライパンを選んだのだ。その意地が、餃子に関しては未だ空回りしている。

どこかが根本的に間違っているのかもしれない。でも、また失敗するかもしれないという思い込みが、余計失敗を呼び込んでいる気もする。瓶の蓋が開けられないとか、やたらと何かを引っ掛けて倒す（猫のエサ入れや、水差しなど）とか、片づける時の物音が大きくなってるとか、以前ならあまりなかったことが暮らしの中で起きていて、きっとこれらは老化の段階に違いない、と自分の雑さを言い訳していた。ちょっとしたことが以前のようにスムーズにいかず、自分に自信がなくなってくるお年頃なのだ。何かが上手にできなくなることは、これからどんどん増えていくのだろう。理由はいろいろつけられる。力が入らなくなってきたから。集中力がなくなってきたから。体が硬くなったから。目が悪くなってきたから。でもその時こそ、くじけず、いじけず、自分の暮らし方を確認してみるのも大切かもなあ、と思うのだった。

たぶん、餃子が上手く焼けたら、ものすごく自信を取り戻せる気がしている。先日のこと。このところ「瓶のひとつも開けられなくて、田舎暮らししたいとか言ってる場合か」といじけていたのだが、近所の荒物屋さんに吊るしてあったV字型のシンプルな蓋開け器具を、たいして期待せずに購入してみたら、永久に開かないと諦めていた瓶の蓋が次々に開き、一気に「田舎暮らし、いけるかも！」と気分が上がりまくった。そして蓋を開けられないという思い込みが、自分の可能性を自分でブロックしていたことに、ハッとしたのだった。人間の思い込みのなんと単純でオソロシイことよ。諦める前に、ちょっと頭を使って考える。道具を上手に使うとか、きっとなにか方法があるはずなのだ。

とはいえ、私はもう少し、意地を張って今のフライパンにこだわりたい。スランプはいつか抜けるもの。成功目指して、餃子を焼いて焼いて焼きまくるのだ。

ズームで大海へ

新しいウィルスとの共生が始まって、早や数カ月。不安を抱えながらも、その間に私たちの暮らしはさまざまに変化した。大切な家族や友人を失った人、仕事がなくなった人、社会を支えるために急に忙しくなった人。仕事の仕方や人との付き合い方まで、あまりに急激な変化で、いろいろなことを受け止めるのに大いに戸惑った。そんな中、私たちは家で過ごす時間というものを以前よりもたっぷりと味わうことになった。

実質的に半分隠居になりかけている私は、もともと家にいる時間はたっぷり味わっていたが、それでもたまには友人と食事をしたり、旅行をしたり、音楽のライブや落語会に出かける。そんな外での活動があっての家時間、つまり、いいバランスだったのだ。それが、あれよあれよと外の世界は閉ざされ、オール家時間に。それはひとり暮らしの人間にとって、孤島暮らしさながらの気分だった。まず日常的に口をきく相手がいない。顔の筋肉は衰退の一途で、老化に拍車がかかること必至。同居の猫が一匹いるにはいるが、日頃から少々ディスタンスあり気味な関係なので、込み入ったコミュニケーションは望めない。テレビから流れてくる不穏なニュースを観ながら、こんな暮らしがどのくらい続くのかと心細かった。しかし心細いながらも、世界中の人が外出を控え、家で過ごしているのだと思うと、不思議な安心感もどこからともなく湧いてくるのだった。

そんな孤島暮らしの私をいち早く電脳の海に誘い出してくれたのは、日本よりも厳しく規制されていたフィンランドでひとり暮らしをする友人だった。日頃からラインなどでやりとりしていたけれど、ズンバ（※）に熱心な彼女はその日、ズームでズンバのクラスに参加するとかで、やんわり私を誘うような情報を送ってきた。ズームもズンバもやったことがないけれど、もうどうせなら、やったことがないことを面白がってやれ、と、彼女が参加するというズンバのクラスに申し込み、ズームというものも初めていじってみた。自分のパソコン画面に突然、他の参加者が大写しになったりして、これは自分も人のパソコンに大写しになっている可能性もあるのではと及び腰になったが、フィンランドの彼女から同時にラインでズームの操作の説明も受けつつ、失礼ながら画面をオフにして覆面で参加した。自宅でひとり、パソコン画面に向かってノリノリで踊っている自分も不思議だが、それがライブであり、他にもたくさんの参加者がいて、その中にフィンランドの友人もいるというのが不思議だった。そして、パソコン越しだけれど、誰かと一緒の時間を過ごすことの実感に、緊張と不安で固くなっていた心がほっと緩むのを感じたのだった。ズンバ自体は、私には激しすぎて一時間のクラスは無理だったが、画面をオフにしているのをいいことに、勝手に休憩したり、猫を抱っこしてオリジナルの振り付けでゆらゆらしたりしていた。

しかしそのズンバの一歩は大きかった。ズームによって広がる世界を先入観なしに体験できたから。会社勤めでない人間にとってパソコン方面の新体験は、なかなか腰が重いものだが、その軽やかなズーム体験で、そのあと私はヨガのクラスや、俳句会、友人らとのおしゃべりなど、ズームという船に乗って孤島からさまざまな島へ出かけられるようになった。たまごっちもろくに触ったことのない人間が、こんなテレビ電話（古い）を活用できるようになるなんて、人間の能力も捨てたものではない。「どうせなら面白がってやれ」というのは、どうやら私のステイホームのテーマだったようだ。

ズームで出かけ、家ではせっせとお菓子を焼き、乾物をもどし、ユーチューブで掃除の仕方を勉強する。どれも挑戦と発見の連続だった。最新の挑戦は、ピアノを始めたことか。満期になった養老保険を解約して、ピアノも買った。日々、命あることに感謝しつつ、挑戦と発見の日々はまだまだ続きそうだ。

※音楽に合わせておこなうダンスエクササイズ

ほのぼの過多

インスタグラムを見ていると、画面にフォローしていない人の動画や広告が自動的に差し込まれてくる。それらがあまりに多いのでうんざりするのだが、つい目が留まってしまうのが動物関係と絶景関係だ。姿かたちのまったく違う動物同士が仲良く体をすり合わせていたり、大きな犬が赤ちゃんに寄り添っている微笑ましい様子に、「ひょー」と目を細めながらいつまでも見入ってしまう。絶景モノでは、ドローンで撮影したのであろう、目まいがするほどの高い山の細い稜線を行く小さな人間の姿や、怖ろしく切り立った崖っぷちにショートパンツの娘さん（金髪）たち数名が腰を掛けて脚をブラブラさせている動画に、心臓がキュッと縮みあがったりする。

そんな差し込み動画で最近笑ったのは、ラブラドールレトリーバーが、隣で海老か何かをタレにつけてはひたすら食べている飼い主にジッと切羽詰まった視線を注いでいて、飼い主が海老を「ほら」と差し出すと、途端に逆切れして「タレ！　タレは！」と、タレをつけるまで吠え続け、タレをつけてもらって、やっと大人しくかぶりつく、というもの。このタレ犬のシリーズはいくつかあるようで、とにかくタレをつけないと納得しないのだ。困ったような切ない表情から「タレをつけろ！」と必死で主張する犬の変容が可笑しい。もうひとつは、アスレチック系のアトラクション。森をはるかに見下ろす、落ちたら絶対死ぬに違いない、半端ない高さのところに、床板が隙間だらけのつり橋があって、そこを渡ろうと踏み出した男性が、もちろん命綱はつけているものの五歩進んだあたりでパニックになり、腰を抜かして必死に戻ろうとしてインストラクターに泣いてむしゃぶりついている動画だ。むしゃぶりついているものだから、余計につり橋が激しく揺れて、本当に今にも落ちそうだ。恐怖に包まれた人を見て笑ってしまうのも申し訳ないが、人間はパニックになるとこうなるのだなあ、ととても興味深かった。

動物モノでほのぼのして、絶景モノで縮みあがる。それらはまったく関係ないもののようだが、よくよく考えてみると、感動の種類に緩急があるのに気づいた。人間、生きていくには、ほのぼのだけでは物足りないし、驚きと緊張が続くのも心臓に悪い。緊張と緩和。そのふたつを無意識に求めて生きているのかもしれない。

とはいうものの、年を取ると、どうしてもほのぼののほうに偏りがちになる。散歩をしてはほのぼの、お茶を飲んではほのぼの、猫を撫でてはほのぼの。若い頃は絶叫マシーンで肝を縮めるのが大好きだったが、この年で絶叫マシーンはリアルに命取りだ。三十代もおわりの頃、とある絶叫マシーンの注意書きに「五十二歳以上不可」というのを発見して、絶叫マシーンにも引退の時があるという現実を突きつけられて愕然とした。五十二歳はちょっと早いのでは、と当時は思ったけれど、そのあたりの年になると、自然とそういうものに乗りたいと思わなくなるのだった。乗り物に振り回されて絶叫するよりもよほど消耗させられることが、身の回りに山ほど出てくるからだ。節々が硬くなった体に縮みあがるようなスリルは、できれば避けたいとも思うように。

生身の自分が激しく振り回されたり急降下したりしないでも楽しめるのが、絶景だ。

想像を絶するほどの深い谷。吸い込まれそうなほど青く澄んだ湖。てっぺんが見えないほどの巨木。人間がちっぽけな生きものだということを突きつけられるような大自然の迫力を目の当たりにする時、絶叫しなくとも心臓が高鳴る。ただ、リアルな絶景ポイントに行くにはそれなりに時間と労力が必要になる。ちょいと出かけたらそこは絶景、なんていうお手軽な絶景はないのだ。インスタグラムに出現する絶景の動画は、そういう点ではとてもお手軽に楽しむことができる。小さな画面の向こうに何千メートル級の山の頂上からの景色が広がる。犬と一緒にスカイダイビングすることもできる。画面の中の景色とはいえ、何とも言えないスリルとともに脳内に涼しい風が吹く。それは想像力の風。片側が崖の、舗装していない細い山道を車同士すれ違う時の恐怖。大きな岩から川に飛び込んで底から見上げた水面のきらめき。小さなプロペラ機から見下ろした大平原。そんな自分の中の記憶の断片が、小さな画面の絶景をよりリアルに感じさせてくれる。

ああでもやっぱり。生に勝る絶景はなし。

グランドキャニオンとか、イグアスの滝とか、高千穂とか西表島とか、国内外問わず、生でガツンと圧倒されたいところがありすぎる。オーロラも見たい。生きているうちにどのくらい生で向き合うことができるだろうか。そう思うと、猫を撫でてほのぼのばかりもしていられない、と思う。大雑把に言えば、インスタグラムの絶景動画だって、寝っ転がって見られる、ほのぼのの類なのだ。

ほのぼの過多な生活に、緊張が欲しいなどというのは、まったく贅沢な話というものだ。世界には、ほのぼのしたくとも、絶えず緊張を強いられている国もある。だが、それを言っちゃあなんでも我慢しなくてはならないことになる。ありきたりだけれど、ほのぼのも、緊張も味わえる暮らしに感謝しつつ、リアルな絶景に出合う旅をぜひとも計画してみたい。

小さな改革・洗髪篇

物心ついた時から短髪だった私は、長髪に憧れはあったものの、髪を伸ばす根性がないのだった。寝ているうちにボッと肩まで伸びてくれればいいが、髪はひと月で約一センチしか伸びないのだ。短髪から結べるほどになるまで、何年もかかる計算になる。それでも果敢に何度か伸ばしてみたが、その中途半端な髪型に耐え切れず、それまでの我慢を晴らすようにより一層バッサリ短くしてしまう、という繰り返しの人生だ。人間の顔は短髪にしていると、短髪用の顔になってしまうようで、かつて仕事場に長髪のカツラがあり、メイクさんにお願いしてこっそり被らせてもらったことがあったが、長髪になった自分の姿は、どうみてもふざけているとしか思えないのだった(実際ふざけていたのだけれど)。悲しいかな、私の顔はこれまでの短髪人生ですっかり短髪顔になってしまったようだ。

　ショートカットなので洗髪はらくちんなのだが、最近、当たり前におこなっていた入浴時の習慣を見直すことにした。シャンプー、コンディショナーの代わりに石鹸のみ、という、よりらくちんな洗髪方法に変えてみることにしたのである。それは単にらくちんというだけでなく、プラスチック類をできるだけ消費しない、という活動にも通じるかもしれない。生活全般から一気にプラスチックを排除するのは不可能だけれど、身近なところから少しずつ変えてゆけるかも、と見まわすと、一番の頭の使いどころは、やはり生活の肝である台所や、洗面所、浴室だということになった。中でも、浴室は一番簡単そうだ。

　そこで、シャンプーしてコンディショナーして、仕上げにトリートメント剤まで擦り込むというルーティーンに注目。かつて「シャンプーバー」という洒落た言い回しの洗髪用の石鹸を何かの広告で見たことを思い出し、インターネットで検索すると、いくつかヒットした。中でも評価の良かった石鹸は、コンディショナーも必要ない、と記されている。ネットで買うこともできたが、どんなものか実際に見てみたいと思い、近場の店舗に出向き、いろいろ手に取り、店員さんの話も聞いて、アボカドオイルがベースというものを選んだ。その夜、さっそく試してみたところ、これまでより洗い上がりはややきしむものの、それほど気にならず、さっぱりしていい感じだ。ただ、泡立ちがイマイチなのと、人工的な香りがきつすぎた。その後もなんとかがんばって使いきったが、リピートしたいとは思えなかった。それでも、洗髪に石鹸を一個使い切った経験は、自信になった。洗髪後のきしみも、今まで同様、乾かす前には「洗い流さないトリートメント」というやつを使用するので、仕上がりは自分的には何の問題もない。しかしそれも自己満足かもしれないので、仕事の時に、いつもお世話になっているヘアメイクさんに「石鹸で洗髪してるので、髪がガシガシかもしれない」と申告すると、全然変わらないし、頭皮の色がとても良い、と感心された。それで自信を持って、石鹸で洗髪するのを続行している。

さて次の石鹸は何にしよう、と考えていたところ、いつか台湾みやげにもらった石鹸のストックを棚の奥に見つけた。月桃の香りもほのかで爽やかだ。特に洗髪用ではないけれど、使ってみて髪に向いていなかったら体用にすればいい、とさっそくその台湾みやげで洗髪を試みた。これが思いがけずとても良い。先のものより泡立ちも泡切れも良く、髪も頭皮もすっきりし、なにより月桃の香りに癒される。間に、サンプルでもらった洗顔用の石鹸などでもいろいろ試してみたが、きしみがちなものとそうでないものがあった。それは何かの成分の違いなのだろうが、その成分を分析するほどマメでないので、今のところ、勘と経験で髪にあう石鹸を見つけていこうと思っている。そして今のところ、この台湾石鹸が一番気に入っている。最近では日本でも買えるようなので安心だ。

なにより気持ちいいのは、お風呂場がすっきりしたこと。シャンプーやコンディショナーのプラスチックのボトルがなくなって、掃除もしやすい。おまけにプラスチック減にもなって環境にもよろしい、というわけだ。

体用と髪用の石鹸は一応分けているが、それぞれネットに入れてタオル掛けに吊るしている。今、書いていて、体用と髪用と一緒でもいいのではないかと思い始めている。髪に良いものは体の皮膚に悪いわけがないだろうし、髪のきしみが激しいものは皮膚もぱさぱさになりそうだ。とにかく、暮らしからプラスチックを減らすことができ、その結果、浴室掃除が気楽になったというのは、ひとまずいいことずくめといっていいかもしれない。あとは、私の髪と頭皮の状態が健康的に維持できれば、いうことないだろう。今のところそちらのほうも問題ないと自負している。

洗い髪のいい香りとか、絹のように滑らかに輝く髪は、確かに魅力的だ。けれど、五十も半ばをすぎると、香りがたちすぎる髪も、絹のように輝く髪もどこか不自然になってくる。自然のままでいたらとんでもないことになるのも、この頃からかもしれないが、なにより大事なのは、清潔で健康であることだと思う。

石鹸洗髪がとても気にいったので、環境や暮らしに興味のありそうな周りの人に、その良さを力説すると、中に洗髪はお湯のみ、というさらなるツワモノがいた。「ふえー」と驚愕していると、さすがにお湯だけというのには限界があったそうで、今は石鹸洗髪に戻したそう。そういえば、髪を洗わないという文豪や、歯を磨かないアーティストの話も聞いたことがある。それは大丈夫なのか。究極的に環境には優しいかもしれないが、健康的にはどうなのだろう。試す勇気は今のところない。

リアル充実

家で過ごす時間が多くなってから、日ごとの料理にも進化があった。乾物を前の日から水で戻したり、肉や魚に塩を振ってねかせたり、野菜や果物の皮を干してみたり、今まであまりやらなかったことを実験のように面白がってやってみる。それらは地味な作業だけれど、意外と手間と時間がかかる。下手すると、食べるための準備で一日の大半が終わることも。

そしてますます家時間が多くなると、実験料理に飽き足らず、作物そのものを作ってみたくなった。とはいえ、悲しいかな私の住処に地面はない。「ベランダでもできる」的な本を片手に、プランターに買ってきた土を入れて、おままごとのような菜園を準備した。ジャガイモ、サニーレタス、二十日大根、ブロッコリー、バジル、紫蘇、唐辛子。初心者でも難しくない野菜を吟味した。ただでさえ広くないベランダにはすでにミントやローズマリー、レモンバームといったハーブの鉢に、オリーブの木、コーヒーの木、母親から株分けされた万年青《おもと》と金のなる木が配置されていた。金のなる木は、風で折れた枝が気の毒で別の鉢に挿し木したものが素直に根付いて、そんな鉢がいくつも並んでいる。名前が名前なだけに〝強欲〟という言葉が浮かび、ちょっと恥ずかしいのでそのグループは隅のほうに寄せてある。そんな下町の路地裏のようなベランダの隙間に、吟味した野菜の種や苗が植えられたプランターが配置された。足の踏み場はほとんどない。

さて、毎朝土の状態を確認する。乾燥や日当たりもチェック。本当に芽が出てきてくれるだろうかと気を揉む。そしてある日、土をえいこら持ち上げるようにして、ちっちゃな芽が顔をのぞかせているのを発見した時の喜びときたら。「ようこそ地上の世界へ！　生まれてくれてありがとう！」と、無事に生まれてきた彼らを、親父気分で（土が母ちゃん）歓迎したのだった。

しかし、そこからが大変な時期となる。間引きをしたり、摘芯をしたりするのに加え、虫との闘いも避けられない。順調に成長してきたサニーレタスがある日、様子がおかしいのに気づく。日に日に元気がなくなる。虫に食われた葉っぱを発見する。虫の糞らしきものも。だが探しても虫の姿は見られない。そう、これが世にいうヨトウムシの被害だったわけだ。かれらは「夜盗みにやって来る（夜盗虫）」ので昼間は目にすることができない。インターネットで調べた米ぬかでおびき寄せるという方法を試しても効き目がなく、そうしているうちにもサニーレタスはどんどん悲惨な姿になっていく。無農薬の野菜を楽しもうとしていたが、日に日に葉がボロボロになってていく悲しさに、背に腹は代えられぬ思いで菜園用の殺虫剤を散布し、おまけに防虫ネットで鉢を覆った。その後再生してくるサニーレタスもあったけれど、殺虫剤の残留が気になるのと、「ヨトウムシの食い残し」という気分がぬぐえず、ほぼ観葉植物となってしまった。それからというもの、せっかく育てた野菜を虫にやられてなるものかと、野菜のプランターにはすべてネットをかぶせた。こんなに小さな虫に葉っぱくらい施してやってもいいのに、という気持ちの一方で、手塩にかけた野菜をやってなるものか、という意地がせめぎあった。こんな小さな虫でさえ人間にとっての脅威になるのだ。地球の生きものたちのパワーバランスは、本来フェアで、絶妙なバランスの上に保たれていることにあらためて気づく。そして無農薬野菜の難しさとありがたさをしみじみと実感した。

ジャングルのように威勢のいい葉を茂らせるジャガイモのプランターの土の中にはさぞかしみっちりとジャガイモがなっているに違いない、と期待に胸を膨らませた。だが、いざ掘り起こしてみると、種芋とほぼ同じくらいか、やや少なめの出来高だった。友人知人に振る舞えなかったのが残念だったが、とれたての薄い皮に覆われたジャガイモの瑞々しさは、極上の美味しさだった。

〝強欲〟な防虫ネットや殺虫剤のおかげで、野菜たちはなんとか無事に成長した。芽が出るところから見守ってきた野菜たちを収穫する喜び。多少の発育不良もいびつな姿もみんな愛おしくありがたい。今まで何の気なしに口にしてきた野菜たちも、人に見守られ、喜ばれたりしながら私の食卓にやってきたのだ。食べてしまえば一瞬だけれど、なんと貴い一瞬だろう。そんな瞬間をかさねながら、私は半世紀以上生かせてもらったのだった。

たくさんの喜びをもたらしてくれたベランダ菜園だが、収穫を喜んでおしまいとはならないのが現実だ。土の始末が残っている。根を引き抜いたあと、プランターの土をふるいにかけ、残った根や葉や茎などを除き、そこに堆肥や石灰などを加えて、ビニール袋に入れて日光に当てて殺菌する。そうすることで、また次のベランダ菜園に再利用できるという。張り切ってプランターを設置した分、再生する土の量もたっぷりある。しかし、そこは〝にわかベランダー〟の根性ナシ、それら一連の土の始末をしたら、ほとんど燃え尽きた。ベランダの隅に土を保管し、ひとまず活動は収めることに。土の重さはずっしりと腰にこたえた。

そして、翌春。今年も張り切って……と言いたいところだが、何事も継続することは難しい。正直前年よりも腰が重い。ぐずぐずしていたら種まきや苗の植え付けの時期がやってきた。せっかくだから去年とは違う野菜を、と思ってホームセンターに出かけたけれど、私が選んだのは、気軽に育てられたバジルと紫蘇、そして大輪の花をつけるという朝顔の苗だった。朝顔は前の年にも挑戦したが、途中、葉っぱの病気にかかって育たなかったのだ。子どものころ気軽に育てた記憶があった朝顔が、病気にかかったのがショックだった。今年こそ花を咲かせて欲しいと、苗をよく吟味した。

張り切ったり、力んだりして始めたことを続けるのは、なかなか難しい。でも、意地になって続けることはない。また気持ちが盛り上がったら張り切ればいい、とベランダレギュラーの植物たちの間で、今年度の極小菜園の野菜たちにぼちぼち水をやる。もちろん〝強欲〟防虫ネットはかぶせている。

そして朝顔には大輪の花が咲いた。それまで葉の様子をよく観察し、摘芯をし、蔓を誘引し、肥料もきちんと計量し、なかなか気をかけて育てた。これから咲きそうな蕾がたくさんついている。今年はこれで大満足。リアル充実。花の咲くのを楽しみに起きられる朝に、感謝。

お弁当

弁当という小宇宙。そこにはその宇宙を創造した人の気が宿っている。細やかに盛り付けした「映え」弁当や、ガシガシ握ったおむすび。どんな弁当でも美味しいのに越したことはないけれど、それほどでなくとも、作った人の顔が浮かべばほっとするし、自分のために詰めたお弁当ならなによりの安心感だ。きっちり味付けされ美しく詰められた老舗の弁当や地方ならではの駅弁などは見ているだけで楽しいけれど、いつもの味付けで形づくられた小宇宙にはそれとは異次元のやすらぎがある。

子ども時代、学校給食のゆきわたる日本で育った私にとって弁当は、やや特別な日の、ハレの日の食べ物だった。運動会や遠足。早起きして家族で出かける車の旅にはおむすびを。ハレの日の食べ物といっても特別なものは入っておらず、焼き鮭、卵焼き、ほうれん草のおひたし、たまに鶏の唐揚げなど。プチトマトやパプリカなんて洒落たものはまだ出回っていない時代で、弁当の赤味はトマトのくし切りか、赤いウィンナーだった。それでも、オバケのQ太郎のアルマイトの弁当箱のふたを開けるのはいつも楽しみだったし、別の容れ物に兎型のリンゴがついていたりすると、さらに気分は上がるのだった。

お弁当が私の生活の中で日常的になったのは、高校時代。当時我が家は、父、姉、私の弁当を毎朝母が作ってくれていた。母には申し訳ないが、毎日のことなので、どんな弁当だったか記憶が朧だ。それだけ気張らない弁当だったということなのだろう。そして、この気張らない、というのが、家の弁当のいいところだったりするのだ。いってみれば空気のような弁当。あってあたりまえ、なくては困る。でもよくよく考えてみれば、なんともありがたい存在。地味な見た目ながら好きだったのは、炒り卵と、ピーマンとひき肉の味噌炒めがご飯の上に乗っている弁当だ。ときどき、花型の人参がアクセントになっていた。とくに、ピーマンと豚肉と味噌の組み合わせは今でも大好きで、ときどき作っては白いご飯とのマリアージュにウットリしている。

弁当の思い出といえば、青春時代のある日、数名の男女混合で上野動物園に遊びに行くことになり、なぜか私が弁当を作ることになった。あんなに毎日弁当を作ってもらっていたものの自分では作ったことがなくて、何をどうしたものかよくわからず「サンドイッチなら小洒落てていいかも」と、たぶん思ったのだろう、何種類かのサンドイッチを見よう見まねで作り、付け合わせに魚肉ソーセージを焼きつけてドドーンと持って行った。学校も住む地域もばらばらな友人たちだったのだが、この魚肉ソーセージが彼らには衝撃的だった様子で、異様な注目を浴び、「山の手の子たちは魚肉ソーセージは弁当にしないんだ」と小さなカルチャーショックを受けたのだった。普通のソーセージでなく、なぜ魚肉にしたのか今となっては謎だが（たぶんボリューム重視）、確かに部活のマネージャーが作ったような色気のないその弁当がなんだか気恥ずかしく、サンドイッチに魚肉ソーセージの弁当は、青春のほろ苦き思い出だ。

今は仕事以外で弁当を食べる機会はなかなかないけれど、弁当が必要な局面になった時は、もっぱらおむすびを作っていく。おむすびは、究極の弁当の形だと思う。バリエーションも無限。そして、掌の大きさに結ばれたおむすびを頬張る時の、幸せ。確かな美味しさ。素手で結ぶおむすびには、自らのアミノ酸も旨味に貢献しているに違いない。

自分で結んだおむすびは自分の分身のようだ。そう、つまりお弁当という小宇宙は、作った人の分身でもあるのだ。サンドイッチに魚肉ソーセージという弁当も、青春の、不器用な私の分身だったのか。

窓を開ければ

エアコンの冷房があまり好きではないものにとって、窓を開けて過ごせる季節はありがたい。できれば暑い季節も冷房なしでなんとか乗り切りたいと思うのだが、町じゅうの冷房の室外機からの熱も相まって、大気の熱気はハンパない。真夏になると、暑さに挑む（？）お年寄りに向かって、「命の危険があります。冷房をつけてください」とテレビのワイドショウやニュース番組がしつこく言うが、私も「はいはい」と渋々冷房をつける。

窓を開けていると、風が部屋を通り抜ける。それだけで気分がいい。外の音が聞こえてくるのも楽しい。朝はひんやりした空気とともに鳥がチイチイ鳴く声がはいってくる。魚を焼く芳ばしい匂い。仕事や学校に出かける人たちの気配。昼間は、町じゅうの人がすべて出払ってしまったかのように静かでまったりした空気。遠くで赤ちゃんの泣き声がする時もある。午後は子どもたちの声が戻ってきて、日が傾くまで町の空気はどこか活気がある。夜はまだ少しひんやりするので、窓を閉めに立つと、どこかでお風呂にはいっているのか、懐かしいシャンプーの香りがするのには、カレー臭と同じくらいにキュンとなる。

ひところ、毎朝、子どもが「ママ、いってきまーす。愛してるよー」と大声でいうのが聞こえていた。保育園に出かける時に、お父さんのこぐ自転車の後ろ（だか前だか）から、見送るお母さんに叫んでいるのだった。今年はその声が聞こえないけれど、大きくなって恥ずかしくなったのかな。一方、昼夜問わず、どこかのご夫婦が、競っているのか、似てきてしまうのか、字に書いたように「ハックショィ〜ン」と同じ発声のくしゃみを豪快にするのは、今年も相変わらず健在。

窓を閉め切っていると、冷蔵庫や空気清浄機の稼働音、時計の秒針の音くらいしかしないけれど、開け放した窓からはいろんな情報が流れ込んでくる。命の危険が迫る真夏までのひととき、目一杯、窓全開生活を楽しみたい。

すべる力

自分で動かせる家具しか置かないようにしているのは、ときどき部屋の模様替えをしたくなるからだ。とはいえ、かなり重い家具でも、その家具の足元の四隅に、文明の利器「カグスベール」をかませれば、スルスルと床の上を移動させることができる。最大の難関は、カグスベールをかませる瞬間だ。コツは体全体を力こぶにするイメージで気合いを入れ、家具を傾ける。ほんの数ミリ持ち上がったら、すかさずその隙間めがけてカグスベールを挟み込む。もちろんそれを抜く時も自分の足の親指を挟まないように注意が必要だ。

今の住まいに落ち着いて十年ほどになる。長年愛用のものに混じって、当初は新品だった家具や電化製品や台所のガスレンジなども、それ相当に年季が入ってきた。中でもちょっと心配なのは電化製品だ。一般的に「電化製品の寿命は十年」といわれている。となると、我が家の電化製品も、そのほとんどが健気に余命を生きてくれていることになる。それらの余命は、ある日突然尽きることもあるかもしれないけれど、たいていはなんとなくその予兆があるはず。先陣をきったのは、テレビだった。

　ハードディスク内蔵の四十二インチ。二、三年ほど前からハードディスクの調子がよろしくない。録画番組再生中に、画面の中の人間が、映画「ターミネーター」の銀色の人みたいににょろーんと伸びたりすることもしばしば。そのうちリモコンの電池は十分なのにときどきテレビが反応しなくなった。まだ普通にテレビ番組は観られるのに、オシャカにするのはどうかとも思ったけれど、「電化製品の寿命は十年」、これからもっといろんなことがあちこち出てくるのなら、買い替えてもいいのではないか、といよいよ思うようになった。それに実は、テレビの機能不全の理由のほかにも、買い替えを正当化したい、長年ひっかかっていることがあった。それは、テレビが重すぎる、ということだ。

　そんなに大きくはないけれど、ハードディスク内蔵というのが、このテレビの重量をすごいことにしていた。買った時は電気屋さんが二人で運んでくれて、テレビ台に設置までしてくれた。模様替えの時は、カグスベールでテレビ台ごと移動。テレビだけを移動させようとしたこともあったが、びくともしなかった。ひとりではどうにもならないと、友人が遊びにきてくれた折、テレビ台から床に下ろすのを手伝ってもらった。床に下りたらこちらのもの。カグスベールで思いのままに部屋の隅やら、反対の壁やらに移動させていたが、その扱いもテレビには良くなかったのかもしれない。

新しいテレビは、自分で持ち上げられるものを、と決めていた。駅前の量販店に物色に出かけると、壁一面、いくつもの大画面のテレビが陳列されていた。テレビの画面はどれも昔の刑事ドラマの再放送だ。事件を解決すべく頭を悩ませる刑事の、苦悶の表情がいくつものテレビに大映しにされていた。「……うわあ」。デカすぎる（刑事なだけに）。自分の部屋で人間の顔をこんなに大きく観たい気持ちが知れないのである。鼻の穴から毛穴から、歯の隙間から目の充血まで大映しだ。ふと思う。「自分の顔もこんなことに？」。どこかの部屋で私の顔もこんなデカさで映しだされることもあるかと思うと、身震いした。おそろしい限りだ。シーンが変わり、湯けむりの温泉につかりひと息ついている女刑事の、画面から溢れでるお色気に背を向け、逃げるように、小さい画面の瞬くテレビ売り場に移動した。

　とにかく真っ先に確認すべきは重量だ。見ると、同じ四十二インチのものでも、うちのテレビの重量とはくらべものにならないくらい、今のものは軽量化されている。液晶とか有機ＥＬとか４Ｋとか８Ｋとか、機種によっていろいろ違いがあるようだが、もうそれはあまり気にしないことにする。検討した結果、これまでよりさらに小さい三十二インチのテレビに決めた。これは夢のように軽い。以前のものに比べると、おもちゃのように軽い。小さいだけあって機能的にもそっけないようだが、慣れれば気にならないだろう。人間の顔のクローズアップも、このくらいで観るのが私にはちょうどいい。

　テレビが軽くなったのはなにより。今後、模様替えの時もなんの苦労もない。だが忘れてならない大事なことが残っていた。これまでの四十二インチのテレビを処分することだ。「梱包は自分で、玄関先での引き渡し」という条件で、リサイクル料金は電気店の負担で、運送会社に集荷してもらえることになっていた。集荷の日、私は、カグスベールの力を借りてホイホイと玄関先まで旧テレビを運び、たまたま家にあった大量のプチプチ緩衝材でテレビを丁寧に包み、その上から、八百屋さんでもらってきたいくつかのレタスの段ボールを継ぎはぎして、ガムテープと紐できっちり梱包した。簡単に書いているが、二時間以上かかって汗だくだった。だが、その手作り感満載の梱包の仕上がりに、一抹の不安もあった。なぜなら、かつてキャットタワーの集荷をお願いした時、梱包する材がないからと、あらゆる運送会社に断られたことがあったからだ。この、継ぎはぎだらけの梱包は許されるのだろうか、と。案の定、運送会社のお兄さんは、レタスの箱を見て、これでは集荷できない、と申し訳なさそうにいった。要するに、テレビがすっぽり入り、中身も動かずに安定した梱包でないといけないのだった。十年後に、それ、あり得るか？　つまり、テレビの入っていた箱を取っておけ、ということだ。私は誓った。今回、テレビの箱は捨てるまい、と。

困って電気店に電話すると、担当の店員さんが、「リサイクル料金はかかりますけど、これから僕がとりに行きます」という。たしか小柄で華奢な青年だったので、「すごく重いからひとりでは無理だと思う」というと、「台車をもっていくから多分大丈夫です」と。多分……。そして台車……。二十分後に彼は台車をもってあらわれた。駅前の店から二十分かけてガラガラと台車を押してきたのだ。もちろん荷物はひとりでは持ち上がらず、私も手伝って台車にのせた。普通の台車なので、継ぎはぎのレタスの箱は大胆にはみ出ている。「大丈夫?」ときくと「大丈夫です」と笑顔だ。集荷の梱包についての説明が不十分だったことは、ちょっとどうかと思ったが、台車ひとつですぐに引き取りに来てくれた行動力には感謝だ。私は、「集荷サービス、継ぎはぎの箱だとダメなこと、これからお客さんにちゃんと伝えたほうがいいですよ」とオバちゃんのお小言も忘れない。「ハイ。すみませんでした」と笑顔の店員さんは、グラつく箱を押さえながらヨロヨロと帰っていった。

カグスベールもすごいけれど、台車もすごい。言ってみれば店員さんも。人力の足りないところを、すべる力が補ってくれた、という感動のお話。

無駄のありがたさ

　このところの新型ウィルス騒ぎで、現在私の参加している句会は通信やオンラインになっている。そんな新形式の句会となっても、「俳句を作る」という作業は変わらないけれど、締め切りまでに投句して結果が出てハイおしまい、という非対面句会はかなり味気ない。コーヒーやお菓子をいただきながら、よもやま話に花を咲かせるのも句会の楽しみだったりするのだ。

　リモートワークが広まって、多くの人が家に居ながら仕事ができるようになった。はじめは通勤の苦労や同僚とのストレスがなくなってありがたい、と言っていた人たちも、メリハリがなくてツライ、オーバーワークになりがち、といった新しいご苦労に悩まされているもよう。新しい形式の暮らしは、命を守るため、というのはわかるけれど、「余白」「遊び」「無駄」がいかに大事かということをさまざまな制約の中で実感するのだった。

そもそも「余白」「遊び」「無駄」とは、まさに俳句そのもの。誰に頼まれたわけでもないのに、ああでもないこうでもないと必死に十七文字を並べ、自分の詩の世界を構築し、人に評価されたり無視されたりする、一喜一憂のはかない遊び。そしてそんな俳句に、いったいどれだけの人が救われていることだろう。芭蕉から始まって、これまで数えきれない俳人が俳句を生み出し、たいていは忘れ去られるけれど、たまにすごい名句が生まれ、のちの時代にまで読み継がれていくというのも俳句のロマンだ。

しかし、紙と鉛筆があれば、いつでもどこでも誰でも、俳句が作れて、おまけに句会もできるとは、俳句とはなんと無駄のないすっきりした遊びか、とも思う。会報とか短冊とか色紙とか賞品とか、派手な尾ひれ背びれは後からいくらでもつけられるけれど、その本質はたったの十七文字。無駄だけれど、無駄がない。俳句、すごいな。

田舎暮らしの前に

四十代の頃から、いやもっと前から、田舎暮らしは憧れだった。窓から森や山や畑が見える家に住み、庭木や菜園の世話をしながらのんびりと暮らしたいなあ、と。

十代から刺激的な世界で仕事をさせてもらってきて、気がつくと人生は折り返していて、ぼんやり先延ばしにしてきたことに向き合おうという気持ちが強くなってきたのが四十代。そうして四十五の時に大学に入学した。何歳になっても大学にはいける、と思いながら二十代三十代をすごしてきたけれど、いよいよ時機到来、落語に触れたことがきっかけで日本の文化について勉強したいと思ったのだった。勉強したいと思えば本や、美術館や、劇場、テレビやインターネットなど、いくらでもできる時代だけれど、私は大学というものも体験してみたかった。実際に入学してみて、大学とは就職のために通過しなければならないところなのだな、と実感する機会も多々あった。しかし授業はどれも面白く、娘ほどの年頃の学友らにも親切にしてもらって、ある意味外界から隔離されたサンクチュアリのようで居心地が良かった。試験やレポート提出などがなければ、ずーっといて、図書館の本をあれやこれやと読んでみたいと思ったものだ。さすがに大学に通う勢いで田舎暮らしも同時に、というのは無謀な欲で、四十代後半は大学という先延ばし案件を消化するのみだった。

無事に卒業し、いよいよ五十代に突入。次なる先延ばし案件は田舎暮らしである。ターシャ・テューダー、トーベ・ヤンソン。彼女たちの逞しくも静謐な暮らしはかねてよりの憧れだ。ターシャは五十七歳でバーモント州に、トーベは五十歳近くでクルーヴハル島に家を建てた。それぞれ五十歳くらいからますます充実した暮らしを築いていったということに励まされる。

さてどこに住むか。寒いのは苦手なので温暖なところ。仕事に出てきやすい交通の便利なところ。ある程度文化的娯楽施設が充実しているところ。漠然とそんなことを思いながら物件のサイトを閲覧し、良さそうな家を吟味する。そして実際にそこで暮らす自分の姿を想像してみる。一軒家にひとりである。「咳をしても一人」という尾崎放哉の有名な俳句があるが、まさにその世界だ。テレビ番組「ポツンと一軒家」も熱心に鑑賞してイメージを膨らませる。だが吟味に吟味を重ねても、行動に移そうという衝動までになかなかいかない。建物が古い、広すぎる、坂道が大変そう、駅までが遠い。いろんな言い訳をしながらどんどん日常は過ぎてゆく。そうこうしているうちに世の中が新型コロナウィルスで様変わりし、さらに仕事のタイミングや親の老いのケアなどが重なると、田舎暮らしという案件はどんどん後回しになってしまうのだった。

特に新型コロナウィルスは、これまでの暮らしの流れを堰《せ》き止めた。感染が世の中に拡大していくのと反比例して、人に会うことがめっきり減り、咳ならぬ、まさに「放っておいても一人」という時間が長くなった。それはとても孤独な時間だけれど、いっぽうで日頃のざわついた心が静まり、日常のあれこれをあらためて味わいながら暮らす機会になった。自分は今何をしたいのか。小さなことでも、自分がやりたいと思うことをやってみる。冷蔵庫の奥にずっと放ってあった豆を煮てみる。イマイチのビスケットを生クリームで包んでケーキっぽく作りかえてみる。電車に乗って行ったことのないハイキングコースを歩いてくる。着るたびにゆるゆるで不快だったパジャマのズボンのゴムを直す。野菜の苗を育てる。そんなことをしていたら、ある日、窓から眺める空のなんとも素晴らしく美しいことに気づいた。こんなに美しい空が自分の家の窓から見られるのだ。「ホカニナニカイル?」。空はそう言っているようだった。他に要るものはあるはずだけれど、何もないような気がしてきた。今は漠然とした田舎暮らしに心を惑わすよりも、粛々と暮らすことのほうがしっくりくるのかもしれない、としばらく目先のことにとらわれてみることにした。そしてそんな目先には、ピアノがあった。

先延ばし案件には「ピアノを習う」というのもあった。かねてから楽器ができる人生は楽しいだろうと想像してきた。それまでもいくつかの楽器を習いに出かけたことはあったが、根性がすわっていなかったのだろう、仕事が続いてお稽古に行くのが途切れると、練習やお稽古場からだんだんと足が遠のいた。そのうち楽器は部屋の片隅に見えないように片づけられ、なかったことに。そうこうしているうちに、人生の残りの時間がなんとなく見えてきた。

やりたい楽器はずっと前から決まっていた。思い切ってピアノを買った。近所のピアノ教室を探して週に一度通うようになった。まるっきり初めてなので、伸びしろは限りない（はず！）。子どものようにどこもかしこも柔らかくピアノに向き合えたらいいのだけれど、それでもあちこち硬いなりに、少しずつ音楽が奏でられるようになるのは素晴らしい体験だ。のちのちは誰かと一緒に演奏できたらもっと楽しいに違いない。習い事は練習なくして上達はない。しかし今のところそれはまったく苦ではない。腕や目や脳みそがしんどくなって長時間の練習に耐えられないのがシニアピアニストの唯一の残念なところか。

都会の暮らしも悪くない、と最近思うようになった。美味しいものがあるし、寄席やコンサートだって気軽に行けるし、旅に出る感動も大きいし、ひとりでいてもなんとか大丈夫な気がする。五十半ばをすぎてたったひとりで田舎暮らしを始めるのはいろいろ心細いかも、とちょっと弱気になっていた部分も、正直あった。そういえばターシャには息子が、トーベにはパートナーがいた。田舎暮らしは諦めたわけではないけれど、今ではないのだろう。その時がきたら、きっと、とんとんと物事は進んでいくに違いない。そして、その時の理想の田舎の家の条件には「ピアノが弾けること」という項目が新たに加わったのだった。

2

寄り合いの
お楽しみ

婦人会

ちょっと前、共通の楽しみを嗜む仲間の集まりを、学生時代の部活に倣って「○○部」と称する流行りがあった。私もいくつかそんな部活を楽しんだ。植物をいじるのが好きな仲間とは「園芸部」、山で遊ぶのが好きな仲間とは「山部」。たまに雑誌の特集の見出しに「集まれ！○○部」みたいなのもあったし、きっと「海部」「酒部」「喫茶部」など世にはいろいろな大人の部活があったのだろう。「○○部」という疑似部活には学生時代の延長のような呑気さがある。みんないい年だけど、てらいなく「○○」に没頭して楽しもう、という緩やかな団結力も心地よい。

それが最近、新たな集まりを「○○部」と称することに対してやや違和感を覚えるようになった。というよりも、具体的な楽しみを目的に集まるというより、なんとなくそれぞれの近況確認というか生存確認というか、「ひとまず集まろう」的な落ち着いた集まりになってきたからだろうか。そんな集会のメンツを見渡せば、もう何十年も前からご縁ある人ばかりで、今更部活でもないだろう、というまったりした心地よさに満ちている。それでも、グループに名前がつくとチーム感が出てくるし、なによりラインの連絡網を作成する時にわかりやすい。そんな時、最近しっくりくるのが「○○婦人会」だ。もしかしたらLGBTQ的な違和感のあるメンバーもいるかもしれないし、性別を冠にかかげるのは今の時代やや後退していることかもしれないが、そんな時代遅れ感にこの場合は目くじらをたてることもなかろう。とにかく皆それぞれ、いろいろなところに目が届き、気がまわり、適度に協調性もあるいいお年頃で、「婦人会」というネーミングが妙にぴったりくるのだった。

先ごろそんな婦人会の面々計五人で、富山県在住の友人宅へ押しかけた。一応その富山の友人が婦人会の会長ということになっている。料理上手の笑い上戸、少々乙女チックで文学的なところが皆から突っ込まれるポイントだけれど、会長らしい華のある、前期高齢者だ。ともすれば頑固だの時代遅れだのいわれがちな婦人会世代だが、実はそんなことをものともしない「年の功」というものを、婦人会の面々は持ち合わせている。枯れそうな庭の花に米のとぎ汁をやって蘇らせたり、孫の母親に禁止されているのに内緒で一緒にユーチューブを観まくって孫の心をつかんでいたり、ひとりで世界のあちこちへ旅して飲み仲間を作っていたり、十年ヨガを続けていながらまったく体が硬いままでも気にしなかったり、自宅から遥か離れた駅で同じ大学出身の先輩長老と待ち合わせして同行してあげたり、それぞれが、これまでの経験と思うことを体に沁み込ませ、時空をものともせずに逞しく生きている。少々偏っているのは、既婚者が一名、離婚経験者三名、未婚二名、という、かなり自由な婦人たちであるというところだ。しかし、ある意味いかにも現代らしい統計ともいえる。ちなみに、この婦人会では私が最若年だ。先輩の長老たちの背中は、人生のあれやこれやを受けとめ、時には文句を言ったり落ち込んだりして、それでも楽しんでいこう、という頼もしさに溢れている。「てきとー、てきとー」という脱力感もある。

若いものは、新しい情報を得意げに、あるいは親切に長老に説くけれど、それはそれ、長老たちには、自分が今まで経験して納得したやり方で十分足りてここまで生きてきた、という自負が心のどこかにある。人の数だけ、経験の広がる方向や深さがあって、若い時の発見や感動は、その後の人生を広げていく入り口となる。長老たちにもそれぞれそんな入り口があったはず。その入り口からいろいろなことを体験して、今の味わいに仕上がった。時の流れとともに新しいことがどんどん出てきて、それらを知っていると効率が良かったり、得だったりするけれど、知らなかったからと言って、命に別状はないのだ。みんなが美味しいと喜んでくれる料理が作れて、五人もの来訪者をさりげなくもてなすことのできる力量こそ、讃えたい長老力だ。それぞれおバカなところや、ちょっと残念なところもきちんと兼ね備えていて、お互いそこいら辺もわかり合っているところが、婦人会の心地よいところだ。

　今回の富山旅行では、高岡を中心にぶらぶら散歩して、国宝の瑞龍寺や高岡市出身の藤子・F・不二雄のギャラリーを覗いたりした。お昼ご飯には、発酵玄米の定食をいただいて、そのあまりの美味しさに、お店のかたに発酵玄米の作り方を伺って、みんなで「あらあ」「へー」と感心したりして、そんな雰囲気まできちんと婦人会っぽいのだった。

会長の家に帰りつくと、その足で銭湯へ行き、戻ってビールやワインをあけ、会長の手料理に舌鼓をうった。ここに集う婦人たちとそれぞれバラバラに出会った何十年も前、富山の港町で今夜こんな愉快な夕餉を囲むなんて、誰が想像できたろう。そう思うと、人の縁とは不思議なものよ、とつくづく思う。面白いくらい、嬉しいくらいみんな年を取った。頻繁に集まる婦人会ではないけれど、ときどき集まって、暑苦しくなく、お互いを応援し合えたらどんなに心強いことかと思う。

婦人会での話題は多岐にわたるが、やはり健康関係の情報は皆食いつきが良い。昼間いただいた発酵玄米の話題から、自家製乳酸菌飲料の作り方で盛り上がっていると、会話に切り込むように、突然、キュルキュルキュルキュルキュルキュルキュルキュゥ〜、というなにやら鼓膜を刺激する高音がした。「何だ何だ?」と一同騒然となり音のするほうに目をやると、ホットプレートの上の立派なキクラゲが、この上なくパンパンに膨れ上がって、いまにも破裂寸前だった。

「うわっ!」

「ぎゃー!」

「破れる破れる」

のけぞったり、膝立ちでキクラゲ爆弾の破裂防御にオロオロする婦人たちの中、

「えい！」

と菜箸でキクラゲに穴を刺したのは、会長。

「おーーーーー」

パチパチパチパチと拍手と笑いがあがった。そして、

「鉄板焼のキクラゲは、そんなに美味しくないね」

「そうだね、これから入れるのやめよう」

など、それぞれ勝手なことを言いながら、引き続き婦人会の夜は更けていったのだった。

歩く姉妹

定年退職をして、平日も出かけられるようになった姉と北海道旅行のツアーに参加することにした。

特別に仲が良いというわけでもないとは思うが、二人とも自然の中を歩くのが好きで、時折一緒に出かける。姉のほうは山歩きの仲間もいるようで、もっぱら平地を歩き回っている私に比べれば、かなり歩きの先輩である（まあ普通に年齢も）。なので姉と一緒だと、ひとりで出かける時よりもちょっとだけ本格的なところを歩けるのがいい。

そんな我々姉妹の参加する今回のツアーは、ハイキングはもちろん、カヌーや馬、熱気球にも乗るという、なかなかやんちゃな内容だ。還暦を迎えた姉と、目前の妹。

共通の思いは、おそらく「動けるうちに」ということ。個人差はあれど、自分たちの親や、世の先輩がたを見ていると、体力気力に満ちてあちこち動き回れるのは六十代のうちのように思われる。特に、カヌーや乗馬など、ある程度自分で操作する必要のあるものは、この先気軽に体験するのは難しくなってくるだろう。体力気力の問題はもちろん、咄嗟の判断力や、反射神経も鈍ってくれれば、思わぬ惨事に見舞われる可能性も高い。まあ今でも普通に反射神経は鈍ってきてはいるけれど、こんなものではないだろう。きっと反射神経が鈍っていることに気がつかないくらい鈍るのだ。いろいろ自覚のあるうちに、〝これが最後かもね〟体験をしておきたいという共通の思いは、血を分けた（重い！）姉妹ならではのものか。

特別に仲が良いというわけでもないとは言いつつ、空港の集合場所で顔を合わせた姉と私は、なぜかペアルックだった。旅の目的がアウトドア活動だから多少似た服装になるのはわかるが、打ち合わせでもしたかのように、似たような帽子、緑のチェックのシャツにカーキ色のトレッキングパンツ。とどめは、同じメーカーのまったく同じ色とデザインのトレッキングシューズだ。言わせてもらえば、このトレッキングシューズは、姉とハイキングに出かける際、私はこれまで何度も履いていたもので、新調したという姉のほうが真似っこしたことになる。しかし当の姉は、

「えーっ。靴までおんなじじゃない」

と本気で驚いており、私と同じものを買ったつもりはまったくなかった様子。年を取って顔つきもどんどん似てきて、どこからどう見ても姉妹以外の関係性は想像できない二人組。下手したら双子と思われる可能性も。瓜二つのおばちゃん姉妹が、やる気満々のアウトドアペアルックというのがなんとも気恥ずかしい。ほかの二人組で参加しているかたがたはご夫婦だったり、女性同士だったりで、やはり二人の間に共通の服装のテイストはあるものの、これだけどん被りな二人組はいなかった。

北海道に降り立ったペアルック姉妹は、まず支笏湖《しこつこ》でカヌー体験。ここで配られた救命胴衣もどん被り。どこまでもペアルックだ。だが、漕ぎ出した湖の透明度の高さと緑の瑞々しさに心洗われ、人間何をまとっていようがそんなことはとるに足りないことよ、と目が覚める思いだった。いいじゃないペアルック。宿の浴衣でいえば全員お揃いだし。

それでも翌日、シャツが姉と被っていないのにはちょっとほっとした。二日目はホーストレッキング。馬に乗って森を散策するらしい。参加者は、三つのグループに分けられ、馬場のスタッフが先頭と後尾について出かける。ひとつのグループが出かけている間、他の参加者は「馬の尻尾のアクセサリー作り」をするとのこと。手仕事は嫌いではないし「馬の尻尾」というところがなんだか楽しそう。とても若いスタッフのお兄さんに通された小屋のテーブルには、カラフルなたくさんのビーズの入った箱が用意されていた。

「はい、では今から馬の尻尾をお配りします。尻尾をお好きなビーズに通して、こんな感じのストラップを作りましょう。わからないことがあったら聞いてくださいねー」

お兄さんの説明はごくあっさりしていた。配られた馬の尻尾は数本。しなやかだけれど猫の髭の太いところくらいの硬さだ。まあビーズに尻尾を通して最後に金具をつけるだけだから、複雑なことではないのだろう。しかし、ほどなくして作業中のテーブル全体にもやもやした雰囲気が漂い始めた。

「え。全然穴が見えない」

「ねえ、このビーズ穴開いてる？」

「あー目がしばしばする」

　私も馬の尻尾をビーズに通すことがまったくできず、イライラしてきていたところだった。言葉を発する人もなくなり、どこか深刻な雰囲気に。テーブルを見渡せば、老眼でない人はいないくらいのメンツだ。しかも指のごつい男性もいる。こんな細かい作業をなかば強制的にやらされている、デイサービスの体験のようなこの不思議な時間。あまりにできないものだから捨て鉢になっていたところ、「できたぁ」と声をあげたのは姉だった。カラフルなビーズを巧みに編み込んで、ちょっとしたデザインになっていた。

「あらぁ、素敵っ」

「すごい、これどうなってるの？」

　と、四苦八苦していたテーブルにようやく声があがった。我が姉にこんな才能があったとは驚きだ。一方の私は、ビーズの穴に尻尾ひとつ通せないでいた。もう東京に

持って帰って家で作ろう、くらいのやさぐれ気分だった。すると、

「ほら、こうやって一本ずつ通していくんだよ」

と、姉はふてくされた私にコツを教えてくれた。ビーズに、尻尾をいっぺんに通そうとせず一本ずつ通していけばいいというのだ。確かに！と感心した時には、周りの人たちもどんどん出来上がって、私だけが不器用にもぞもぞやっていた。もうすぐ馬の順番だし、デザインとか言ってる場合じゃないし、と必死にビーズをただひたすら直線に通すだけの作業を猛ダッシュでしていると、

「そうそう、いいじゃん、できるできる、色の組みあわせいいね」

と教え子を励ます先生のような口調で姉が応援してくれた。子どもの時、大きくて強くて暴れると怖くて、という存在だった姉が、こんな寄り添うような応援をしてくれるとは、単におばちゃんになったからというより、姉のそれまでの人生の時間の厚さを思うせつなであった。姉に励まされながら通したビーズは、たった六粒、一直線の木製のお数珠のようなストラップに仕上がった。若干疲れ切った感もあったが、馬齢二十五歳という「あかねちゃん」の背に揺られて森を歩いたら、疲れも吹き飛んだ。

人間でいったら七十代のおばちゃんだそうだ。あかねちゃんも頑張っているのだ。

やんちゃな内容もりだくさんの旅は、湿原のおおらかな緑の風や、熱気球から眺める山の神々しさや、神威岬《かむいみさき》の突端まで歩いた先に広がる海の青さなど、大満足の「動けるうちに」ツアーだった。きっとこうやって、感動したり、歩いたり、汗をかいたりできる時間が、これからもっともっと貴いものになっていくのだろう。そして、たった六粒のお数珠ストラップも、姉とのちょっといい思い出の品となった。

バスツアー

バスツアーというと、いろいろと自由はきかないし、いかにも、という観光地に大型バスで乗り付けて慌ただしく見物して立ち去る、といった、窮屈な印象がある。だが、限られた時間の中で最も効率良く旅を計画、遂行してくれる、頼もしい業務だと私は思う。バスツアーを選択した時点で、ある程度の不自由さは承知の上だし、なにより目的地までの乗り継ぎを心配しなくていいのがとてもらくちんだ。らくちんを優先したいお年頃なのだ。

そんな私と幼なじみの二人で、一泊二日のバスツアーに参加した。これまでも日帰りの山歩きのバスツアーは何度か参加したことがあったが、いわゆる観光らしいのは初めてだ。今回のツアーは、中山道の宿場町見物と、温泉、そして自然林を散策、という内容。行程は長野県と岐阜県にまたがり、自力で一泊二日で行こうとしたら、絶対に挫けるルートだ。バスツアーならおとなしく乗っていればそこまで連れて行ってくれる。本当にありがたい。

翌朝、幼なじみと集合場所でおち合うと、我々の乗り込んだ大型バスは予定通り九時に新宿を出発した。そのバスは新型コロナウィルス対策として二人掛けの座席をひとりで使用するといった配慮がされていた。そして発車とともに、間違いなくベテランという風情のバスガイドさんより、車内での会話は控えることと、飲食は禁止、という注意事項が伝えられた。なんということだ。旅の乗り物でのおやつは私にとって大事なイベント。つまり、ゆうべ、ウキウキと幼なじみの分と自分の分とに小分けした「おやつセット」は、車内では食べられないことになってしまった。考えてみれば、確かにバスでの飲食はこの時期控えるべきだった。でもせっかく作った（詰めただけだが）ので、私の後ろの座席に座っている幼なじみに、座席の隙間から「どこかで食べてー」と差し入れた。長いバス旅、おやつ禁止とは、なかなかツラい。

都内を抜ける見慣れた高速道路の景色も、ベテランバスガイドさんの懇切丁寧な説明によって初めて知ることがたくさんあった。全身から安心感を醸し出すバスガイドさんは、コロコロと小気味のいい声で、地名の由来や地形の話、工場や競馬場、スタジアムなど、流れる車窓の景色にちなんだ話を途切れることなくしてくれる。またそれが耳障りでなく、いちいち楽しいのだ。出発時はパンプスだったのに、いつの間にかスニーカーに履き替えているところも、業務に本腰が入ってる感じで頼もしい。だんだんと山の景色になってくると、山の名前や標高、ちょっとしたプチ情報やクイズなどがよどみなく出てきて、乗客を飽きさせない。よく考えれば、スーツ（タイトスカート）に帽子、という決して楽な制服ではないところにきて、進行方向後ろ向きに立ったまま喋りつづけるのは、大変な重労働だろう。毎回どんな客が乗って来るかわからないところに、旅を盛り上げるためにあれこれ話をしてくれるバスガイドという職業、とてつもなくすごい仕事だ。まず体力、そして記憶力、話術、愛嬌、コミュニケーション能力、判断力、根性、さりげないリーダーシップ。これらを全て兼ね備えた専門職だ。加えて今日のバスガイドさんは、ベテランの風情が頼もしく、とてもチャーミング。なにより、声がいい。声、内容とも、ラジオ番組を持っていてもおかしくないほどの技量だ。

それにしてもおやつのないバス旅は味気ない。旅の乗り物でのおやつが習慣となっている私は、だんだんと落ち着かなくなってきた。さすがに飴やガムまで厳しく禁止している風でもないので、私はポケットに忍ばせていたとっておきの秘蔵「おつまみこんぶ」を取り出した。この「おつまみこんぶ」は富山の友人が送ってくれた美味しいもの便の中に入っていたもので、幅約一センチ、長さ約五センチほどの短冊に裁断された味付けしていない硬い天然の昆布が、ポケットティッシュのふた回り小さいジップに二十枚ほど入ったものだ。あまりに昭和感しかないおやつだが、初めて食べた時、その美味しさに目を見張った。昆布のサイズ感は、なんとかギリギリ口の中に放り込める大きさで、硬くてすぐには噛めないので、しばらく口の中で昆布を寝かせる状態になる。これがちょっとした瞑想タイムのようで心が落ち着く。昆布の表面の旨味が去ったあたりからなんとか噛めるくらいの柔らかさになり、噛み始めると、あらたな旨味が口の中に広がる。これこそ日本人のＤＮＡに響く感動といっていいだろう。

しかし、小袋の形態も、透けて見える中身も、この上ないほどに地味。正直なところ、カバンの中に入っているのを人に見られたらちょっと恥ずかしい。あまりに年寄りくさい。だがこれが本当に味わい深くて美味しいのだ。天然の昆布の味わい深さ。座席の隙間から、後ろの席の幼なじみに小袋を差し入れながら、「こんぶ、食べるー」と囁《ささや》くと、幼なじみは目を輝かせて「食べるー」と囁き返した。私と幼なじみは、素早く昆布を口に入れると、文字通り、何食わぬ顔で、味わい深い昆布の旨味を堪能したのだった。その後、幼なじみから「おかわり」のリクエストが。さすが、違いのわかる友である。

バスが峠に差しかかるとバスガイドさんはそのあたりが舞台の映画「あゝ野麦峠」のダイジェストを語り始めた。飛騨の農家の娘たちが、野麦峠を越えてやってきた長野の製糸工場での労働がいかに辛くて悲惨だったたか。ある時は語り部のようにしみじみと、ある時は講談のように鮮やかに語るバスガイドさんの「あゝ野麦峠」に車内の空気は完全に引きこまれていた。最後、病にかかり瀕死の主人公の少女が、迎えにきた兄に背負われながら「兄さ、飛騨が見える」とつぶやいて死んでいくところでは、バスのあちこちですすり泣く声が（私も泣けた）。今回、普通のバスツアーよりもちょっとデラックスなツアーにしてみたのだが、正解だった。おそらくこのガイドさんは、バスガイド界のレジェンドに違いない。二日目の「木曽節《きそぶし》」の歌声もなかなかだった。中山道の宿場町も、露天風呂の気持ち良い温泉も、紅葉の自然林の散策も、コンパクトながら、充実した旅だったが、今回の旅のハイライトは、やはりバスガイドさんだろう。

ただのガイドではない、エンターテインメントとしてのバスガイドという職業。ちょっと調べてみたら、バスガイドは日本発祥だそう。確かによその国では見たことがない。かつては女性の憧れの職業の上位だったものの、最近は減少傾向にあるもよう。確かにこれだけの芸を備えたバスガイドになるには、大変な修業が必要だろう。体力、記憶力、話術、愛嬌、コミュニケーション能力、判断力、根性、さりげないリーダーシップを兼ね備えたバスガイドさんは、江戸時代の花魁《おいらん》と並ぶスーパーウーマンと言っていいのではないか。何十年も前、学校の遠足や修学旅行でお世話になったバスガイドさんのすごさを、当時の私たちは気にも留めなかった。しかし今ではそれがどんなにすごいことかがわかる。そしてもうひとつ、パッケージも見た目も味も、なにひとつ華やかでない「おつまみこんぶ」の優秀さも。

バスガイドも「おつまみこんぶ」も日本の大人にしか理解できないものかもしれない。そしてこの二つのすごさがわかり合えた私と幼なじみも、かれこれ五十年近くの付き合いだ。そりゃ大人になったわけである。バスガイドさん付きのツアー、またぜひ参加したい。もちろん「おつまみこんぶ」は携帯必須。

国際郵便

チェンマイから急須がやってきた。チェンマイに住む知人の夫が陶芸を生業としていて、その急須がなかなかいい、と実際に使っている人から話を聞き、私もぜひ欲しいと、一年以上前に注文していたものだった。

その知人は日本から移住して、もうかなり長い。十二年ほど前にチェンマイで初めて会った時から、すでにチェンマイの人に見えた。日本人とタイ人はアジアの民族だからもともと顔つきが近いのかもしれないけれど、なんというか、彼女のその佇まいや、暮らしのテンポが、明らかに日本に住む人と異なっていた。風土というものが人間を作っていくのか、あるいは魂のもともとのルーツに引き寄せられて移住していくのか。とにかく、私はチェンマイ時間を覚悟して、急須を注文した。「全然急がないからね」と彼女にメッセージした。案の定、やりとりはゆったりしたもので、それはなかなか楽しかった。

手に取った急須から、誠実な彼女の夫もやはり誠実なのだな、というのが伝わってきた。色や形、持った時の感触、使い心地などいろいろ考えて作ってくれたのだろう。いかにも大げさでない丁寧な仕事ぶりからそれが感じられた。支払いはネット銀行への振り込みで、あっという間に済んだ。なんでも素早く処理されていく世の中で、のんびりやってきた急須はことさらいじらしかった。

外国から届く荷物は、どれも「なんとか無事にやってきました」といった清々しい疲労感がある。おもわず「おつかれさん」と言いたくなる。郵便局のスタンプや内容を明記したシールにもその国なりの流儀があって面白い。開けた箱からは、その土地の空気がそこはかとなく漂ってくるような気がして、鼻を近づけて大きく息を吸ってみたりする。その土地がかつて訪ねたことのある国ならば、懐かしさも相まって大いに旅情を刺激される。逆に、生まれ育った国から届く荷物は、外国で暮らす人たちにとってどれくらいのものだろう。

ときどき私もそんな友人知人に国際郵便を出す。なるべく気持ち的にも重量的にも軽いものを選ぶ。子どもの頃に食べたチョコレート菓子やビスケット、しょっぱいお煎餅やあんこもの。荷物を開けた時の、トホホな笑顔を想像するとこちらもニヤニヤしてしまう。

ところが、気軽に荷物を作ったはいいが、近頃では海外への発送の手続きはなかなか気軽ではないのだった。昔はたしか航空便と船便くらいしか選びようがなくて、中身の重さや値段などの表記もそれほど厳密でなくともよかった（気がする）。包みに直接マジックペンで住所を書いていたし、内容書の記入も手書きだった。それがだんだん進化して、今は輸送の方法（速さ）の選択肢の多さ、内容の表記の厳密さなど、もう、荷物を送るまでの一連の作業は仕事以上のひと仕事だ。

とにかく一番厄介なのは、パソコンで送り状を作成しなければならないこと。まず国際郵便のホームページにログイン。初めての人は、自分の名前、住所、電話番号、メールアドレスを入力して新規登録をしなくてはならない。それから、送り先の住所を英語にて入力。そして内容を届け出るフォームに、荷物のひとつひとつをもちろん英語にて入力。スペルが曖昧なものは辞書で調べたりする。さらにそれぞれの重さと値段も入力する。送る荷物が「ＢＯＯＫＳ」とか「ＣＯＯＫＩＥＳ」とか単一のものなら骨もおれまいが、私の作る荷物のように、柿の種やらきのこの山やら細かいものが詰め込まれているものはそうもいかない。ろくに考えずに荷物を詰める私が悪いのだが、ひとつひとつの荷物を英語にして値段と重さを記入していくうちに、なんだか興醒めしてくる。「じゃーん！」というビックリ箱のタネあかしを、ちまちまさせられているような心持ちになるのだ。すっかり興醒めしたあとは、そのフォームを自分でプリントアウト。プリンターのインクが詰まって変な色合いのバーコードが刷り上がってきたら、もう一度やり直しだ。上手に刷り上がったのを確認したら、荷物と一緒にようやく郵便局に持っていく。そこで、窓口局員の人が、その書類を確認し、ハサミで、荷物に貼る部分と私の控えとを切り離す。ここだけはアナログで、その作業を待っている間はちょっと楽しい。最後、重さを確認された荷物に、私が汗水たらして作成した送り状がのりで貼られ（これもアナログ）、ようやく手続きが終了する。ここまでで精根が尽きる。世の中のスピードがどんどん速くなって、どんどん便利になっているというけれど、そのためにニンゲンのほうにしわ寄せがきているなあ、とこんな作業をしていると思う。国際的な事務手続きは手間も時間も省けていいだろうけど、それらを省くために、私のように何十分（一時間以上？）もかけてそのお手伝いをしている人がいるのである。手書きならほんの数分で終わる作業だ。

こんな細かくてたいへんな作業は、どう考えてもお年寄りにはできないだろう。つまり自分もこの先、外国に荷物を送ることが難しい、とあきらめる日がくるのかと思う。実際に私の知り合いの喫茶店のママさんは、外国への荷物を昔のように箱に詰めて郵便局に持っていったら、「これでは送れません」と拒まれたという。「パソコンで申し込んでください」と。パソコンを持っていないママさんが「パソコン持ってなかったら、送れないってことですか」と聞いたら「まあ、そうですね」と遠慮がちに言われたそう。とても残念な話ではないか。

世の中が便利になっていくのは、とてもありがたい。ゆえに、年寄りも気軽に外国に荷物を送れるようなやさしいシステムを、ぜひとも開発していただきたい。あるいは気軽に頼めるサポートサービスなどあったらウレシイ。もしかしたらすでにあるのだろうか。いつの時代も技術の進歩とお年寄りはギリギリのせめぎあいだ。先端まではいかなくとも、できるだけついていきたいと思うが、あちらのほうもできるだけ親切に歩み寄って欲しいと願う。よろしくお願いします。

さてそんなこんなで我が家にやってきた急須は、森の若い木肌のような色味でお茶の時間を和ませてくれている。日本で生まれた人がチェンマイに渡って、そこで生まれた急須が日本に渡ってきた。そんな地球の不思議な巡りはとても素敵だ。なんだかんだと不平をいいながら、国際郵便には感謝しているのだ。

チェンマイ千一夜物語（前篇）

新しい十年間有効パスポートを携えて、最初に出かけたのは、チェンマイ。

チェンマイは、飛行機をバンコクで乗り継いで二時間ほどの、タイ北部の都市だ。都市といっても、バンコクのようにギラギラしてはいない。かつて王朝が栄えた古都で、旧市街には崩れかけた城壁が残っていたりして、風情がある。北部独特の料理も美味しいし、車で少し郊外にでれば迫力の大自然もあるし、少数民族の暮らしもすぐそばにあって、いろいろな文化がのどかに混ざり合っている、といった印象の街だ。

チェンマイへの旅は七年ぶりだった。この前は、吟行でやってきた。つまり、句会をするための旅だ。句会のメンバーのMちゃんがチェンマイ在住というのをいいことに、みんなで押しかけたのだった。コロナでいろいろなことがオンラインになるまえから、私たちは毎月チェンマイとヘルシンキをつないで句会をしていた。今思えば、それぞれに仕事を持つ句会のメンバー全員が、チェンマイ吟行に参加できたなんて、まさに奇跡だった。その行動力にいまさらながら感動する。滞在の間みんなで散々遊び、最後の夜に句会をした。あれから七年も経っているのか。

と、しみじみしつつ、その時にみんなで泊まったゲストハウスに今回も滞在する。日本からは友人のJちゃんと。チェンマイには、移住してもう長い、友人Aさん、Sちゃん、句会メンバーのMちゃんがいて、何をするにもお世話になる。チェンマイは公共の乗り物があまり発達していないので、車やバイクなどをレンタルしたり、タクシーを頼んだりしないと移動が難しい。日本とはまた違った交通倫理だし、人や動物の横断もなかなか大胆で、レンタルして運転してまわるのは相当腕に自信がないと危険かも。だから地元の運転に慣れた友人がいてくれるのは、本当にありがたい。今はスマホで、行き先と料金を事前交渉できるタクシーのサービスもあるそうだが、友人のご厚意についつい甘えて、どこへ行くにも車に乗っけてもらう。市場やレストランでも、彼女たちがいてくれるので、美味しいものを安心して注文することができる。

ゲストハウスの敷地には、コンセプトの異なる家がいくつか建っていて、Jちゃんと私が泊まる家は、リビングスペースと、そのリビングを挟むように寝室となる離れが二棟。リビングスペースの屋根は茅葺《かやぶき》で、壁がない。もちろんドアも。そこにキッチンとテーブル、ソファがある。開放的で気持ちがいい。寝室にはベッドと机と、ちょっと籠れるクッションのある小あがり、ゆったりしたバスルームは床も壁もタイルで、体育座りをすれば胸まで浸かることができるこぢんまりした浴槽に、機能的でおしゃれなシャワーがついている。以前は部屋にテレビもエアコンもなかったけれど、最近は乾季の暑さが猛烈で、とてもクーラーなしでは無理、ということで、エアコンが新しく設置されたそうだ。すべての窓枠（窓は網戸のみ）と雨戸は木製で、開け閉めにはコツがいる。そんなちょっと面倒なことが、かえって心に余裕をもたらしてくれる。イライラしているとなかなか上手に閉まらない。

ゲストハウスの周りには、植物が機嫌よく立派に繁っていて、いついかなる時もワサワサと葉や花を風にそよがせている。虫や鳥の声も当然豊かで、早朝の鳥たちの声の賑やかなことといったら、日本の緑豊かな田舎でもなかなか聞くことのできないものすごいボリュームだ。大音量の鳥の声と途切れのない木々のざわめき。あまりに聞き慣れない種類の音質と音量に、いつも滞在の初めのうちは、脳みそが、それをどう処理していいのかとまどってしまう。だがいつの間にか、そんな状態にも慣れて、むしろその大音量に包まれていることが心地よくなってくる。生きものたちの声や風に揺れる植物の音は、「何も考えてはいけないよ」といっているようだった。

　ここのゲストハウスには、こののどかな環境のほかにもうひとつ、とても魅力的なものがある。猫だ。ゲストハウスが点在する広大な敷地に、数匹の猫たちが自由に暮らしている。自然に棲みついたり、保護されたりした猫たちだ。このゲストハウスをテリトリーにしているくらいだから、人が好きな猫ばかり。夕方、みんなとリビングでワイワイご飯を食べていると、どこからともなくやってきて、私たちを喜ばせてくれる。猫たちのご飯はゲストハウスのスタッフがあげているが、つい私たちもこの時のために日本から持ってきた猫用おやつをふるまう。きっとほかのゲストハウスにも顔を出してこんなふうに歓迎されているのだろう。朝は朝で、寝室の雨戸を開けると、網戸の前にちょこんと座っていたりする。そんな朝は最高だ。猫の来ない日は、なんだかさびしい。

数匹の猫たちの中でも人気なのが、茶トラのタラちゃんだ。顔のパーツの占める割合からして目が大きくて、ちょっとアニメ風味の可愛らしい顔をしている。チェックインやチェックアウトの時には、どこからともなく受付に現れて、ゲストを喜ばせてくれる。その姿はまるで「自分このゲストハウスでおもてなしを担当しております」というふうにも見え、そのいじらしさに皆、身悶えするのである。七年前に句会の仲間と来た時も、タラちゃんは私たちの泊まっているゲストハウスにときどき立ち寄っては、みんなに散々可愛がられていた。確かな年齢は不詳だが、その当時で推定十歳だったので、今は十七歳くらいのおじいちゃんということになる。

久しぶりに対面したタラちゃんは、顔つきや愛らしさは変わらないが、確実におじいちゃんになっていた。体はひと回り小さくなって、歩く時の前脚はバレリーナのようにに外を向いていた。体を撫でると、その背中は、老猫特有の肉の落ち方をしていた。それでも、食欲は旺盛とのことで、ひとまずは元気そうだ。

Ａさんは、以前このゲストハウスで仕事をしていて、自宅もすぐ近所というのもあって、今も、ここの猫たちの相性や、世代交代のことなど気にかけている。Ａさんによると、タラちゃんとそりのあわない若い猫が、ときどきタラちゃんに襲撃をかけるので、夜はそれが心配だという。確かに動物の世界は、人間界のように「お年寄りを大切に」などという気持ちは基本的にないようだ。かつて我が家にいた猫たちの中でも、老猫はよく突然の〝おやじ狩り〟にあっていた。老猫のために用意した寝心地のよい寝床も、決まって若いやつらが大の字になっていて、老猫は隅っこに追いやられていた。やはり弱肉強食の世界なのだ。

その日の夜も、みんなでリビングでご飯を食べていると、タラちゃんがやってきた。タラちゃんは、人間の笑い声を聴きながらソファで丸くなって寝ていた。しばらくして、私たちもそろそろ解散して寝よう、ということになった。その時季の朝晩は、昼間の暑さとうって変わって、薄いダウンジャケットでも着ていないと寒いくらいで、タラちゃんのことがちょっと心配だった。とはいえ、今までずっとこういうところで暮らしているのだし、大丈夫なのかな、と思っていると、Ａさんが、

「タラちゃん、今日聡美さんとこに泊めてもらいなさい」

とタラちゃんを抱っこして私に渡した。

「え。そんな、部屋に泊めていいんですか」

と、突然の振りに、戸惑いながら聞くと、

「ときどき、ゲストのかたの部屋で寝てることもあるの。大丈夫大丈夫。むしろ部屋で寝かせてもらったほうが安心」

という。こちらとしては、これはアイドルが部屋に泊まってくれるような幸運だ。嬉しいけれど、当のタラちゃんが嫌がったらすぐに外に出してあげるつもりで、タラちゃんを抱っこして部屋に戻った。部屋の床にそっと放すと、すぐにベッドに飛び乗り、ソファの続きのように丸くなった。「タラちゃんが部屋にいる♡」という嬉しさがタラちゃんに伝わってウザがられないように、つとめて平静を装う。普通にお風呂に入って、髪も洗って、ドライヤーも使った。ジャバジャバガーガーうるさくて、いよいよ外に出たがっているかも、と寝室に戻ると、タラちゃんは眠っていた。

「♡」

嬉しさを押し殺しつつ、タラちゃんの寝ている毛布をズリズリと引っ張り上げて私の体をベッドに滑り込ませる。ここでも気を遣っていないように装う。猫はとても敏感だ。ベッドや毛布がワシャワシャする。安眠を妨害されて、今度こそタラちゃんはベッドを下りて「かえる」となるに違いないと思った。しかしタラちゃんは、その大きな目を開けて、「何?」と私の顔をじーっと見つめ、そして位置を変えて、また丸くなった。

「♡♡」

私は枕にゆっくり頭をうずめた。

部屋がしーんとした。

タラちゃんが足の間にいる。なんだか、不思議な緊張感だった。その緊張感は、自分以外の生きものが部屋に居るざわめきと、家に残してきた猫ではない猫と、それも外暮らしの猫と、こんな特別な時間を持っていることに対する戸惑いからくるものだった。ほとんど見ず知らずのニンゲンの足の間で安心して眠るタラちゃん。その姿を見て、タラちゃんのアイドルたる器の大きさ、人気の理由がわかった気がした。タラちゃんには、人に対するニュートラルな信頼がある。恐怖とか不安とか疑いなどという感情はまるでないような安定感。そして抜群の距離感。すべてがうちの猫とまるっきり反対だ（それはそれで味わいはありますが）。そんな、肯定感のかたまりのようなタラちゃんの体温を足の間に感じながら、眠りについた。

朝、鳥たちのギャーギャー賑やかな声で目を覚ますと、タラちゃんはまだ同じ位置で眠っていた。私も同じ体勢のままだ。ベッドを抜け出し雨戸を開けると、ひんやりした空気が部屋に流れ込んできた。タラちゃんが目を覚ました。前脚と後ろ脚を伸ばしながら、小さな鼻でひとつ深呼吸すると、プルプルしながらゆっくり立ち上がった。そしてやや慎重に床までの距離を確かめてベッドから飛び下りると、バレリーナのように網戸のほうに歩きだした。網戸の前で、私はタラちゃんを後ろから軽く抱きしめて、

「ありがとね。ばいばーい」

と送り出した。立派におもてなしのお泊まりをしてくれたタラちゃん。その堂々たる小さな背中。夢のような、チェンマイの一夜だった。

チェンマイ千一夜物語（後篇）

昼間はAさんの運転で市内の寺院や市場などを散策し、夜はゲストハウスのリビングスペースで、市場で買ったおかずをお皿に盛ってみんなでいただく、というのがなんとなく決まりの過ごし方になっていた。Mちゃん、Sちゃんも、忙しいなか連日お付き合いしてくれるのがありがたい。

生まれ育った国を離れて異国の地で長らく暮らす人たちは、風土なのか、食べ物なのか、発音する言語のせいなのか、顔つきや雰囲気がだんだんとその国の人のようになってくる。チェンマイ在住の彼女たちも、もちろんタイ語を流暢に話すし、まとっている空気感など、私から見ればもはやすっかりチェンマイの人だ。素顔がきれいで、おだやかで、おおらか。そして優しい。チェンマイの人たちが大声で話すのをあまり聞いたことがないが、彼女たちの発声も極めてソフト。タイ語で「はい」という意味の「カー」を連発しても決してカラスのようにはならない。みんなで車で出かけた国立公園も、MちゃんやSちゃんが料金所で対応してくれたらタイ人料金で入園できるかも、と日本組のJちゃんと私は後部座席で大人しくしていたが、全員普通に外国人料金を請求された。タイ人から見ると彼女たちはまだ日本人風味なようだ。だがそんな彼女たちが、車の行きかう道路を悠然と渡ったり、ヘルメットをはすっかぶりにしてバイクの二人乗りで颯爽と去っていく姿は、かぎりなくチェンマイの人なのだった。

どの国にも独特の文化があって、それらに遭遇するのが旅の面白いところだ。日本に来た外国人は日本の何に驚くだろう。蕎麦を音を立ててすすることや、喫茶店やレストランでだされるおしぼりや、銭湯や温泉といった裸文化か。座席で食事ができる歌舞伎や寄席、どんなリーズナブルな旅館やホテルでも歯ブラシと浴衣のサービスがあること。トイレはいまや世界的に「腰かける」ものがスタンダードだが（男性トイレはまた事情が違いましょうが）、日本ではときどき「和式」という、伝統文化に遭遇する。また、私自身外国でそういう伝統文化に遭遇すると、ちょっとワクワクする。

　トイレといえば何十年も昔、ある国の村を訪ねた時、肥溜めの上に板を渡しただけの強烈なトイレに案内された。その時はさすがにワクワクを通り越して冷や汗をかいた。今思えば大変貴重な経験だ。チェンマイのトイレには、九十九パーセント、壁にお尻洗い用のシャワーが設置されている。便器と一体型のシャワートイレではなく、それぞれ独立している。東南アジアの国のトイレでよく見るやつだ。使用後に壁のシャワーを手に取り、お尻方面に向け、取っ手を握って水を噴射させる。高級ホテルや定食屋のトイレにもついているので、本当に昔から根付いている文化なのだ。そして、ほとんどのトイレでは使用後の紙は流さずに、備え付けのゴミ箱に入れる。どこも排水管が細くて詰まりやすいらしい。「使用後の紙は流さないでゴミ箱へ」という注意書きもよく見かける。紙をゴミ箱へ捨てる習慣のない私のような観光客がつい流してしまうのだろう。実際、私も無意識に流してしまい「あ……」となることが、ままある。幸いにこれまでは無事だった。地方の村になると、シャワーでなく、水を溜めた大きなバケツから手桶で水をすくい、手でパシャっと洗うところもある。今回、藍染体験で訪れた村でお借りしたトイレがまさにそれだった。私たち用にトイレットペーパーを提供してくれたが、普段は水でパシャっとやるだけだそう。「暑いからすぐ乾く」と明るく笑っていた。暑さ厳しい風土ならではの習慣だ。

トイレからいきなり食事の話で恐縮だが、チェンマイはお米の種類が多くて、美味しい。それぞれ料理に合う米というものがあるのだろうが、私は全般的にもち米が好きだ。もち米は冷めると硬くなるので、出される時はいつも蒸したてのホカホカだ。口に入れると、粒だっていたもち米がやんわりとまとまって、なんともいえない満足感。チェンマイの人たちは、蒸籠《せいろ》のような小さなバスケットに詰まったもち米を指でちぎって、少しこねて口に放り込む。おにぎりになっているのは平気で手で食べるくせに、お米のかたまりから直接ちぎって食べるのは、初めなんとなく違和感があった。でも、確かにちぎって小さなおにぎりにしてみると、米もおかずもなんだかより美味しく感じる。指でこねるひと手間が、食事という行為に向き合っている実感をもたせてくれる。

もうひとつ、お国違えどシリーズでいえば、タイでは二〇二二年にアジアで初めて医療用大麻の使用が認められた。日本では、大麻といえば即犯罪のイメージで「近づいてはいけないもの」と物心つく頃から刷り込まれてきた。吸引はもちろん、育てたり、持っているだけでも犯罪になる。植物相手にそんなにムキになるくらいだから、相当いろいろと厄介なことがあるのだろう。そんなヤバい植物の苗を、タイでは普通に市場で販売している。そこで大麻を初めて生で見たが、立ち見しているだけで逮捕されそうな気になる。私の中に日本での大麻極悪教育が隅々まで浸透しているようだ。じっと見入っていると物かげから私服警官が出てきて現行犯逮捕。そんな妄想も一瞬浮かぶのだった。

「大麻茶、飲んでみる?」

ゲストハウスでの食事が終わる頃、Aさんに普通に話を持ち出された時は、だから私は、わわわわとなった。Aさんは、数年前に大病を患い、手術を受け、医療用の大麻を処方されているのだった。大麻、即、悪、というのは教育の賜物だが、大麻には幻覚や興奮を引き起こすTHCという成分と、慢性的な痛みを軽減したり不安を和らげるCBDという成分があって、医療用はTHCの含有量が〇・二パーセント以下、と決められているらしい。そして大麻という植物は何百種類もあって、THCをほぼ含まないものもあるそう。そんな話をチェンマイでしているだけで、なんだかドキドキする。チェンマイ在住のMちゃん、Sちゃんと夫のTくんも、クッキーや、安眠サプリメントなど健康食品として、大麻を口にしたことがあるというのも、驚きだった。Aさんの大麻茶は、普通の自然食料品店で売られているもので、いわゆる健康茶のジャンルだそう。安眠作用があるらしい。にしてもだ。口をつけたとたん物かげから私服警官がでてきていよいよお縄、という事態になるんじゃないかという妄想が再び。だいたい「大麻茶」という名前が印象悪すぎる。「ヘンプティー」だとまだいい。にしてもだ。怯えている私に、

「ほんと普通のお茶だから」

とAさんは笑っている。ジップのパッケージに入っているのは、大麻の葉を思わせる、細長くて鮮やかな緑色の茶葉だった。これを飲んでおかしなものが見えたり聞こえたりしたら怖いなあ、というのと、なかなか味わえないお茶だしこの機会に、という気持ちがせめぎ合った。そして、明日は日本に帰るだけだし、チェンマイ最後の夜

だし、と旅にありがちな奔放な気持ちが勝って、いただくことにした。

茶葉を入れた急須に熱湯を注ぎ、しばらくしてから湯呑へ。その湯呑を前に、私は少し姿勢を正した。湯呑の中のお茶はちょっと濁りのある煎茶の色に近い。鼻を近づけると、どこかで飲んだことのあるようなハーブティーの香り。湯呑を持ちながら、誰が最初に飲むのか目で牽制しあう。えい、と私が先に口をつけた。

「……」

初めて飲むのに、どこかで飲んだことのある感じ。爽やかとか、甘いとか、苦いとかいう特徴のない、ぼんやりした味と香り。なんだっけ……。そう、この感じは、ヨモギ茶だ。大麻茶はヨモギ茶に近い味だった。次々と口にした面々もみな「へえ」とか「ああ」とか、ぼんやりした感想だ。

「普通だね」

なにをもって普通なのかよくわからないが、Jちゃんがしみじみ言った。しかし、このあとなにか特別な症状に襲われたりしないかと、しばらく用心してその時に備えたが、変化はなかった。眠くもならなかった。Aさんは「だから言ったでしょ」と笑っていた。私服警官も出てこなかった。

テーブルを片づけて、みんなで記念の集合写真を撮ると、それぞれ普通に帰って行った。私も部屋に戻り、いつもと変わりなく床についた。大騒ぎして緊張して飲んだ大麻茶、確かに普通だったなあ。でも、これは立派な異文化体験だったなあ、とベッドの中で、さきほど帰り際に携帯で撮った集合写真を見返した。すると、全員が意外なほどおちゃらけていた。とても愉快で楽しそう。も、も、もしかして、こ、これが……。

がんばれ還暦

　ニューヨークに暮らす三十年来の友人が、世界中が新型コロナウィルスで大騒ぎしていた頃、仕事を辞め、ハワイ島に移り住んだ。彼女がそういう未来を考えていたことは知っていたけれど、本当に、そしてまさかこのタイミングで実行に移すとは。

　長年勤めた会社を辞めることも、住んでいた部屋を売りに出すのも、なかなか労力のいることだ。彼女なりに考えての行動だったのだろうが、東京で暮らす私から見ると、「へっ？　ほんまか」というくらい軽やかだった。ハワイ島に向かう飛行機から愛犬のゴールデンレトリーバーと同席している画像が送られてきた。彼女の愛犬はセラピードッグとして国だか州だかに登録しているので、人間と同席できるそうなのだ。本来彼女はセラピードッグを提供し奉仕する側だが、航空会社には自分がセラピードッグが必要な人間だと申請して、愛犬と同席させてもらったそう。行動派らしい彼女のなかなかのアイデアだ。

とにかくそんな行動力のある彼女は、しばらくハワイ島の友人の家に身を寄せつつ、物件を探し（家が決まっていないのに移り住む気合い！）、おちついた先は、コーヒー農園を営む大家さんの離れの一角だった。離れの一角といっても、東京ドームがいくつも入るような敷地の一角だから、一人と犬一匹には十分ゆったりしていて、なにより私道をふくむ庭が果てしない。黒豚やロバや馬や孔雀などさまざまな野生動物、昆虫たちとの共存だ。着々と整えられていく家と、イルカと泳ぐ画像や動画が、時おり彼女のインスタグラムにアップされて、楽しそうに暮らす様子がうかがえた。

私より二つ年上の彼女は、つい最近還暦を迎えた。ハワイ暮らしは三年目になる。今、生活費を稼ぐための仕事は一切していない。彼女曰く「なにもしない暮らし」というのを実践するのだそう。昔、大橋巨泉さんが「セミリタイアだ」といって、五十代で一線を退いて世を騒がせたことがあった。日本中がガツガツ働いていたあの頃、大橋巨泉の生き方に、当時の大人たちはみんなポカンとしたのだった。でも、いろいろなビジネスで成功して老後のお金も心配ない巨泉さんだから可能なことなのだろう、と納得した。私の友人の選択も、少なからず周りをポカンとさせた。ただ彼女は、巨泉さんと違って会社員だったし、ほかのビジネスもしていない。純粋に自分の蓄えだけでしばらく生きていく道を選んだ。それなりの蓄えがあってのことかもしれないけれど、いずれにせよ、生活費を稼ぐという時間を手放して、ただ生きていくための暮らしを選んだのだ。

朝は犬の散歩に始まって、菜園をやったり、海で泳いだり、友人に呼ばれたり呼んだり、たまには町であそんだり、ＢＴＳの映画を観に飛行機でホノルルまで出かけたりもするらしい。島で買えないスイーツは自分で作る。パンを焼いて、キムチ作りにも挑戦。「なにもしない暮らし」とはいえ、日常のさまざまな仕事は結構たくさんある。頭も使うし体も使う。それでも仕事上の人間関係や〆切から解放される生活は、さぞかしのびのびとしたものだろう。蓄えあってのこととはいえ、行動に移したからこそ実現した暮らしだ。五十代後半で仕事をきっぱり辞めたことに驚くものの、彼女の選択は、まだまだ新しいことを始めることができるのだ、とアラウンド還暦の私にも勇気を与えてくれるのだった。

コロナ以降、三年ぶりに東京で会った友人は、羽田空港でスーツケースが出てこなかったそうで、ハワイ島からの着たきり雀、シャツにジーンズ、分厚い靴下にサンダル履きというういでたちだった。「ホントに困るよねえ」と憤慨している彼女だが、まったく悲愴感がない。無邪気というか、昭和の少年というか、明るい性格で、彼女に降りかかる事件は悲惨なことであっても、決して深刻にならない（見えない）。それがあらゆることに対する彼女の強みだ。高級チョコレート屋さんのカフェで、繊細な味のチョコレートケーキにえらく感動している姿を見て、のんびり島暮らしをしつつも煩悩は健在なのだな、と安心した。健在どころか久しぶりの東京の街並みがとても変わったことや、町角の小さなコンビニでさえも驚愕の品揃えであることや、道行く人たちがみんなお洒落なことに、おのぼりさん状態で大興奮していた。今回の帰国ではむこうでは買えない日本の食材をしこたま買って帰ると息巻いている。滞在中は、元職場（本社は日本）の先輩の家に泊めてもらい、連日、元職場の上司や同僚、後輩たちの熱烈歓迎を受けていたようだ。そんな温かい会社で長年働き、気持ち良く退社し、これからまだしばらく続く人生、住みたい場所で、したいことをして暮らす。こんな素晴らしい暮らしを送る彼女のことを、共通の友人たちは「きっと前世で相当な徳を積んだに違いない」と噂している。

それにしてもだ。人生百年、残りの人生、四十年近くある計算になる。

「この二年ですごい貯金が減ってさあ」

と案の定、そんな話。

「でも、あと少ししたら年金入ってくるし、まあ、それでなんとかなるだろ」

永住権を持つ彼女は、アメリカから年金をもらうらしい。私たちの会話にも普通に年金の話題がでるお年頃となった。さらに、

「でさ、大家からコーヒー農園買うかも」

またしてもビックリ発言だ。高齢になった大家さんから、居ぬきでどうか、という話があったらしい。彼女の発言は、大事件でも深刻な感じがいつもしないので、

「へー。ホント。それはすごいじゃん」

と、こちらも大袈裟に驚いたりはしない。なにもしない暮らしから、いきなりコー

ヒー農園経営者に？　六十代になって、また新たな展開を迎えそうな友人の人生。はてさてどうなりますか。ほぼ思いつきと勢いで行動しているような彼女だが、そのすがすがしいほどの大雑把さ（大胆さ）は、周りの人間たちを間違いなく元気にしてくれていると思う。豊かさとはどれだけ自分が楽しめるか、ということなのだ。楽しむ覚悟を持って。

大橋巨泉のようにハワイ島でビジネスで大成功、とかになったら笑っちゃう。でも、まったくあり得なくはないという予感をさせる、台風のような愉快な友人なのだった。

猫目線の空

猫が寝そべっている。

猫が寝そべっているところは、間違いなく快適な場所だ。立派な胴体を見事に脱力させ、こんなに伸びるのか、というほどに伸びきっている。なんだか羨ましくなって、私も猫の脇に寝っ転がる。なるほど窓からいい具合に日が射して、その一帯がポカポカしている。しばらく猫と「り」の字になって太陽の暖かさに包まれた。

猫と並んで寝っ転がって見上げる空は、いかにも春らしく霞がかった白い空。ずっと見ていると天地が不覚になりそうな眺めだ。その視界には、いつも窓から見えている屋根だらけの町の景色や高層マンションはもはや存在しない。猫はいつも、こんな空を見ているのか。

何十年も前、初めて猫と暮らし始めた頃、外から帰って来た私のあとをどこに行くにもついてくる猫を、かわいいと思うと同時に、こやつの世界に生きものは私しか存在しないのだ、と思うと、とたんに不憫に思われた。こやつは一生、外の世界を知らず、恋もせず、仲間もおらず、私とだけ生きていくのだ。なんだか、自分がとてつもなく傲慢で残酷なことを始めてしまったような戦慄を覚えた。自分がもし家猫だったら。せめて、旨いものを食べさせてもらって、個性を尊重しつつ存分にかわいがってもらって（ほどほどに放っておいて欲しい）、いい感じの爪研ぎと、清潔なトイレと心地よい寝床を提供して欲しいと思う。

猫にとって唯一の外界であるベランダに猫草がある。いくつかの鉢植えの植物も。猫の外界の地べたはベランダの面積が限界だ。エアコンの室外機の上で朝日を浴びながら瞑想している時もあるけれど、そこからの景色もおそらくただ空が広がるのみ。そんな世界をどんなふうに思っているのか、聞いてみたいものだ。

私はおもむろに起き上がると、巨体の猫を抱きかかえてベランダの手すりまで行き、人間の住む世界を見せてやる。すると、特に驚いた様子もなく、ただ、しばしばと目を細め、のどをゴロゴロいわせているのだった。

おんなじ顔

子どもの頃はどちらかといえば父親似であった私も、いつからか完全に母親寄りになっている。それを素直に喜ばしいと思えるのは、おそらくよほど幸運のかたか、平成とか令和に生まれた新しい人なのだろう。昭和の人間は「お母さんにそっくりになってきたねえ」といわれると「えー……」という気分に少なからずなるものだ。いつしか顔だけでなく体の雰囲気も似てきて、自分の後姿の写真など、まるで母そっくりでぎょっとする。つまり自分の将来の姿形は、もうつまびらかにされているということである。

それにしても遺伝子というのは正直だ。先人たちを見て思う。私が子どもの頃は、夏休みになると必ず岩手と秋田の両親のそれぞれの実家を訪ね、複数のおじさんおばさんたちと顔を合わせていた。そこには面長のおばさんがいれば、四角顔のおじさんもいた。かれらは、若い頃は住む環境や食べるものやさまざまな嗜好の違いで、見た目の肉付きに多少の特徴はあったけれど、それが、何十年かぶりに近影を見てびっくり。晩年のかれらは、性別問わずみなおんなじ顔なのだった。そういえば、私のきょうだいも、性別を超えて年々同じ顔になりつつある。姉と私は同性ゆえにそれはもう仕方ないさだめとはいえ、まさか弟までがこちら寄りになってくるとは想像もしていなかった。それとも姉と私があちらに寄っているのか？　どちらが寄っているかはどうでも良いとして、とにかく三人はぼんやりおんなじ顔になってきているのだ。

テレビに顔を出す家族がいるというのは、それなりに気苦労も多かったようで、かれらには私が家族であるということを、周りにひた隠しにしてきた歴史がある。その気持ちはとてもよくわかる。余計なところで注目されたり話題にされたりするのは苦手だというのも、われわれの遺伝子に共通しているのかもしれない。姉は結婚して苗字が変わったが、同僚に「○○さん、小林聡美に似てるよね」といわれるたびに、「え。誰？」とすっとぼけ続けたらしい。だが、お互い中年を過ぎて、言い訳のしようがないほど似てきてしまっていて、今後はますます同じ顔になっていくことが約束されている。気を遣わせてしまって申し訳ないことだ。

特別に仲が良いきょうだいというわけでもないけれど、みな東京に住んでいて、親の誕生日など集合する機会が年に何回かあり、そのたびに顔を合わせているので、急に老けていてびっくり、ということはない。だが、確実に全員年を取った。姿かただけでなく、暮らしの形態や社会での役割など、気づくとなんだかそれぞれ一人前風なのだった。姉も弟も人の親であり、職場でもベテランということだろう。われわれきょうだいが子どもだった時の、おバカでしょーもない記憶をかえりみると、よくぞまあお互いなんとかこれまで、と笑ってしまう。

そして、それぞれの子どもたちもどんどん成人していき、少し余裕ができた頃に、今度は親たちが怪しくなってくるというのが、人生のシナリオだ。父に病気が見つかって、検査だ入院だ退院だまた入院だとなった時、これまでにないほど、きょうだい三人が頻繁に連絡を取り合い、自分たちの仕事や家庭の都合をすり合わせて事態に臨んだ。三人寄れば文殊の知恵とか、毛利元就の三本の矢の教えとか、スリーアミーゴスとか、三人いればなんとかなる的な教えが世の中にはたくさんあるように、実質的には弟のお嫁さんにも大いにお世話になりつつも、きょうだいが三人いたことは、ありがたいことだった。こういう、事務的にも精神的にも大変なことを、きょうだいもなくひとりで対処するのは、さぞかし大変なことだろう。実際ひとりっ子で早くに両親を看取った友人がいるが、当時はそのことに対して親身に共感してあげられていなかったことに気づく。経験というものは、つくづくなによりも明快だ。

親の老いや死に向き合う経験は、私たちに絶対的な何かを突きつける。家族という不思議な縁、人の命、自分の人生について。それは誰もが経験することらしい。みんな、こんな経験をしていたのか。親の死どころか、これからは、近しい友人や先輩、きょうだいとの別れも待っている。きっとどんどん待っている。ある日突然だったり、じんわりしたものだったり。別れ方もいろいろだろう。会えないままお別れ、というのもある。「それが自然の摂理なのだ」などと澄ましている場合ではないが、ただ、ひとつずつ経験していくんだなあ、と覚悟するともなく、覚悟している。

病床の父はどんどんおばあちゃんに似てきて、亡くなった時はほぼ、おばあちゃんだった。それは息子も母親に似てくるという、母親の遺伝子の強烈さを証明してくれた。東北に住む父の残ったきょうだいたちは、新型コロナウィルスのせいで上京かなわず、亡骸《なきがら》には対面できなかった。おばあちゃんとおんなじ顔のおじさんやおばさんが集まる賑やかなおとむらいができなかったのは残念だった。われわれきょうだいも、ますます母親の遺伝子が表面化されるなか、それぞれの人生をやっていくのだろう。そして、その時がきたら、姪たちに「みんな同じ顔だよね。ばっぱ（おばあちゃん）にそっくり」と面白がられつつ、旅立つのだ。

3

私は私のパンを買う

猫の毛皮

ユニクロのセーターが何十枚も買えるくらいの値段のセーターを買ってしまった。「買ってしまった」というくらいだから「やっちまった」という気持ちも少なからずあるのだろう。ここ数年、服を買うために店を渡り歩くのが億劫になってきているところに、新型のウィルスが流行してから人と会わない生活が続き、はっきり言って、もう、服、いいだろう、という気分で過ごしていた。久しぶりに足を踏み入れたきらびやかな百貨店の雰囲気に、逆上してしまったのか。こういうのもリベンジ消費というのか。店員さんも、うまかった。

「わ。ベイジュもお似合いでしたけど、このグリーンも、わ、すごくお似合いです」

「ホント。こういうグリーンはお顔がくすんでしまうかたもいらっしゃるんですけど、お客さま、お色が白くていらっしゃるから、ホント」

マスクをしたまま試着室の前で棒立ちの私を二人がかりで褒めちぎる。普段だったら入らない高級なお店だが、とにかく逆上していたので、陳列されたいかにも品物の良いセーターの前に立ち止まり、うっかりナデナデしてしまったのがこの顚末だ。逆上しているもんだから、そのうち褒めちぎる店員さんたちに勝負を挑まれているような気分になってきて、私の中のいらぬ負けん気が頭をもたげ、

「じゃ、グリーンで」

と、いっそ勝負をつけるようにギラリと財布からカードをだした。おかしい。明らかに頭がおかしくなっていた。そのセーターは確かに肌触りも良く、色も素敵で、まあ冷静に見たところ私に似合っているといえば似合っていた。しかしだ。いってみればたかがセーターだ。その金額は私の中では、セーターに支払う金額ではなかった。家に帰って袋を開けたら、そこには肌触りの良いきれいなグリーンのセーターが一枚、ただあるだけだった。年齢を重ねていくにつれ、自分の着たい服がなかなか見つからなくなり、もう、一体何が着たいのか、何が似合うのか、よくわからなくなっている

ところにきて彷徨《さまよ》う百貨店は、きわめて危険地帯だ。

常々、猫は羨ましいと思う。生まれてから死ぬまで、一枚の毛皮で通す暮らし。それも自分で選り好みしたわけではなく、生まれたそのままの毛皮だ。うだるような暑い夏の日などは、鼻の頭と肉球くらいしか地肌の出ていない体で大丈夫かと心配になることもあるけれど、冬は太陽のぬくもりをたっぷりとその毛皮に蓄えてほかほかしている。ときどき、なにげなく触ると、アッツっ！と火傷しそうなくらい熱くなっている時もある。すごい蓄熱性だ。自分で選んだ毛皮ではなくとも、おそらく彼らに不満はないだろう。それ以前に自分の毛皮の、複雑な模様や魅惑的な色の全貌を生涯気にすることもなかろう。それだけで人生における大いなる煩わしさから解放されているといえるだろう。朝起きて眠るまで、眠っている間さえも、一枚の毛皮のみ。何を着ようか、どう着ようか、という問題に悩まされることは彼らにはないのだ。見方によっては「毛深い全裸」ともいえるが、あまりにも美しい毛深い全裸だ。いっそ私も着るものの煩わしさから解放されてのびのびと全裸で暮らしたいくらいだが、毛深くもないので全裸の冬は間違いなく致死必至。特に、寒さに弱い私は、真冬のちょっとした外出で顔や耳に蕁麻《じんま》疹《しん》ができる。寒冷蕁麻疹というやつだ。これには三十代後半から悩まされ続けている。顔や頭を暖かくガードしていても、気がつくと足先や太ももに発疹が。だから冬の服装は、何をおいても暖かさ重視ということになる。着ぶくれという言葉は私のためにあるのでは、というほどレイヤー命である。マトリョーシカか私か。できれば、冬の外出は上下ダウンのセットアップが理想だ。ダウンの軽さと温かさは、もしかしたら猫の全裸に匹敵する快適さかもしれない。さすがに東京のお洒落な界隈を上下ダウンのセットアップでうろうろしているのは気が引けるが、近所の買い物は決行することもある。特に下半身にダウンのパンツをはいて歩いていると、まるで何もはいていないような身軽さで、一瞬「はき忘れた？」と不安になるほどだ。しかしダウンのセットアップとは。あまりに色気がない。そんな恰好は、南極観測隊か冬山登山隊くらいしかしないだろう。でも、もし、ほどよいボリュームのお洒落なダウンのセットアップがあったとしたら、是非購入して冬の間中それで過ごしたいくらいだ。

お洒落に我慢は必要、とはいうものの、体を壊してまでお洒落に心血注ぐのは十代まで。真冬に生足でソックス、体育の授業は半袖にブルマー、という中学時代が信じられないが、若さとはそういうものなのだろう。中には体質的に暑がりで、私くらいの年齢でも真冬にセーターから胸の谷間をのぞかせているご婦人もいるが、そういうご婦人には私のように着ぶくれている人間はとてつもなく野暮に見えるに違いない。いや、男性から見ても不気味だろう。だがそこは私も譲れない。寒いのは嫌だ。

そんなことを言っていたら、着たい服がどんどんなくなってきて、探すのにくたびれてきて、もう、服、いいだろう、となって、百貨店にて逆上、ということになったのだった。久しぶりに「やっちまった」セーターだが、セーターそのものに罪はない。やっちまったことを、負の気持ちに落としたままそれを着たのでは、私もセーターも浮かばれない。せっかく私のところに来たのだから、愛着の一枚になるほどに着倒して、気がついたら、猫の毛皮くらいにいつも着てるよね、と自分で思うくらい楽しみたいと思う。

老眼

すっかり困っているのが、老眼だ。

老眼にくわえ、近眼や乱視などの症状をあわせ持つ人はよけい厄介らしい。

眼球の筋肉がムキムキだった若い頃は、先輩がたがいくつもの眼鏡を携帯し、それを用途によってとっかえひっかえする意味がわからなかった。先輩いわく食事に出かけたおりなど、まず薄暗いところのメニューの文字が見えない、料理が見える眼鏡だと前に座る友人の顔が見えない、友人に合わせると料理が見えない、その結果眼鏡をとっかえひっかえすることになるという。眼鏡オン眼鏡という荒技でその状況に対処していた大先輩もいた。そんな視界の想像がつかず、老眼って大変だなあ、と人ごとに思っていたら、神様の采配は平等で、私にもその順番がやってきた。

中学二年の時から眼鏡で、四十歳の時に近視矯正手術をうけてからは、裸眼でも遠くまでとてもよく見えるようになった。それまでは、仕事の時だけコンタクトレンズにしていたのだが、当時最先端といわれた薄いレンズでも、眼球がすぐに乾燥し三時間の装着が限度。近視矯正手術をうけて本当によかった。その後四十代半ばになって、手元が見えにくくなりだしたものの、対象物を少し遠くに離せばまだなんとか読解、判別はできた。老眼が進まないように、無理な読書やお勉強はせずなるべくぼーっとするよう努めた。しかし老眼は自然現象。ゆるゆると進行し、気がつけば私はすっかり、子どもの頃不思議に眺めていた「鼻眼鏡おばさん」になっていた。しかし鼻眼鏡は実に便利だ。とても理にかなっている。手元は見えるし、眼鏡の覆っていない視野は先のほうまで晴れやかだ。家の中にいるぶんには、もののある場所やだいたいの状態などわかっているので、多少見え方が大雑把でも、ある程度の勘で補うことができる。

問題は外出時だ。外出時も鼻眼鏡で通すのはさすがに開き直りすぎというものだろう。しかし老眼鏡をかけないと、買い物の時、商品の値段や、素材、成分表などのラベルの文字がまったく読めないのだ。そのつどいちいち眼鏡をとりだすのが面倒で、遠近両用眼鏡というのを作った。レンズの下半分が老眼対応になっているやつだ。これを常時かけていれば、外出先でも問題なく過ごすことができる。

遠近両用のいいところは、先に挙げたように、手元を見るためにいちいち老眼鏡をかける手間がいらないという点。フレームを選ぶ楽しさもある。レンズも優れていて遠と近の境目がわからないし、外からみたレンズ越しの目の印象も自然だ。遠近両用眼鏡の発明で、どれだけの鼻眼鏡族が救われたことだろう。

遠近両用眼鏡で困った点は、今のところ見つからない。眼鏡が好きな私にとっては、いいことだらけだ。遠近両用をふくむ老眼鏡全般についての不満を強いてあげるとするならば、それらがないと、本当に手元が見えないことだ。鏡にうつる顔の細部は、もはや裸眼では確認しようがない。老眼鏡をかけるか、五倍以上の拡大鏡で確認するしかないのだ。嗚呼毛穴の奥の奥まで見えそうな拡大鏡のおぞましさよ。若い頃は、老眼鏡と同じくその存在の意味がわからなかったけれど、これにもちゃんと意味があったのだ。顔の細部なんて見えないなら見えないでいい、という反抗心も首をもたげるが、知らないうちに一本だけものすごく長い眉毛が伸びていたり、むらなく塗ったつもりの日焼け止めがこめかみあたりで白く固まっていたり、拡大鏡がないと日常的な身だしなみに問題が生じるのだ。つまり老眼鏡と拡大鏡は、すごい発明なのだ。

そんなすごい発明品の老眼鏡だが、俳優という仕事においてはあまり歓迎されないもののようだ。実生活では、五十代ともなればだれもかれも老眼鏡は必須だと思われるのに、ドラマや映画の中のその世代の役の人物の多くは、老眼鏡をかけていない。確かに眼鏡は小道具としてはアクが強いのかもしれない。頭脳明晰、キツイ性格、内向的、生真面目、といったちょっと個性的な人物を表現する時の小道具として、いまだ眼鏡は出番が多い。かつて、私も役の小道具として老眼鏡を提案したこともあったが、レンズの反射が撮影には都合がよろしくない、という理由で却下された。リアルを追求する必要はないけれど、いつまでも手元が見えている若々しい五十代六十代はおかしい！とはこの年齢になって感じることだ。もうひとつ、ある作品のイベントの打ち合わせで、人前で短い文章を読み上げる局面で老眼鏡をかけようと思う旨を伝えると「途中で眼鏡をかけると、年取ったなぁと思われますよー」とスタッフに言われた。実際年取ったんだからいいじゃん、と思ったが、作品全体のイメージに影響しては申し訳ない、と眼鏡をかけず、文章もほかの人に読んでもらうことにした。若々しいイメージが、どの世代であっても求められる世界なのだろう。人前で何かを読み上げようとすれば、原稿を大きな字にしてもらう必要があるし、そうなると原稿の嵩《かさ》も増える。いろいろ大袈裟なことになるのだ。だから、もういいかげん老眼鏡デビューをさせてもらおうと思う。だって、全然おかしくないでしょう。五十代だもの。

すっかり老眼鏡が顔の一部になった今、かつて老眼鏡を家に忘れて、俳句会で何も読めず茫然としていた先輩の気持ちが完全にわかる。老眼鏡がなかったら、ものの値段も、携帯電話の画面も、本も、地図も読むことができないのである。緊急時のメッセージも判読できないかもしれない。そう思うと、老眼は自然なこととはいえ、自分は人間として弱者なのだなあと思い知らされる。大事にしてくれとは言わないが、大目に見て欲しいと甘えたい。

ただ、細かいところが見えない分、別の能力が増幅するのではないかという期待もある。「たぶんこう書いてある?」「たぶんこのへんを指している?」などという、予測力。あるいは「こうなればいい」「こうなるべきだ」という念力。視力を補う力技だ。そして、そんな能力こそ、まさに「おばちゃん力」だという結論に達し、みょうに納得している自分がいる。

憧れのストピ

路上や駅などに置かれたピアノを通りすがりの人が弾く、というそれだけの内容のテレビ番組が楽しい。ストリートピアノ、ストピ、などというそうだが、ユーチューブにもそういう動画がたくさん投稿されている。テレビ番組のほうは、弾く人のこれまでの人生やピアノにまつわるエピソードなどをインタビューして盛り込み、よりドラマチックな内容になっている。それにしても、ある程度弾けている人をピックアップして編集しているのだろう、みんなとても上手だ。小さい子どもの演奏も微笑ましいが、そもそも、腕に覚えがなければ、あんな公衆の面前でピアノを弾こう、とはならないだろう。

楽器というものは不思議なもので、自分ひとりで演奏している時は、まあいい感じの出来かなあ、と思っても、誰かひとりでも聴く人がいるとなると、途端に下手くそになる。私はピアノを習っているが、自宅でひとりで弾く演奏と先生の前で弾く演奏とでは、明らかに出来が違う。あれはどういうわけか。かつて、ギターの上手い人気アーティストの男性が、「ステージでは、普段の演奏の六割の出来」と言っていたのを聞いて、どんだけ上手いんじゃ！と思ったが、今、自分も曲がりなりにも楽器を演奏するものとして、おこがましいが彼の発言に共感させていただきたい。自分ひとりの時は、純粋に上手くなりたいと思って練習している。ところが人に見られる、聴かせる、となると、少しでも上手な演奏を、素敵な演奏を聴かせたい、という邪念に心が支配され、体に力が入り、途端に撃沈する。

ピアノは自分の愉しみのために始めたわけだから、少しずつ弾けるようになるだけで満足なはずなのに、自分だけの愉しみとは別に、人と分かちあって楽しむのもいいね、とストリートピアノを見ていると思う。邪念をふるい落とし、純粋にピアノに向かう。それが一番難しいことに違いない。私もいつかそんな境地に達して、こっそりストリートピアノを弾いてみたい。

ピアニストの私に必要なもの

近所のピアノ教室に通いだしてから一年が過ぎた。

まったくの初心者からスタート、これまでに『おとなのハノン』『シニア・ピアノ教本』①〜③を終え、今現在、『チェルニー30番』『シニア・ピアノ・レパートリーB』を練習中。シニアづくしだが、専用の教則本が充実しているのをみると、私のようなシニアが世の中にはたくさんおられるよう。

自転車やスキーや水泳のように、子どもの頃、よくわからないうちに覚えたら後々楽だった、というもののひとつがピアノではないだろうか。転んでもたいしたダメージはなく、「てへへ」と笑いながらすぐに体勢を立て直し、ずんずん邁進する逞しさ。

考えなくても体が自分をどこまでも引っ張っていってくれる柔軟さ。そんなミラクルな可能性が、悲しいかな年月を経て、体からどんどん薄まっていく。だけどそんなことを憂えてもしかたない。出会いが遅かっただけで、今、こうしてピアノに向かえる日々のなんと素晴らしいことか、と巡り巡ってやってきた縁にただただ感謝するばかりだ。

それにしてもである。習い事はおしなべて奥が深い。昨日始めて今日できる、というものではないのはご存じのとおりだ。謎の記号にみえていた音符が読める気がしてきて、音が繋がってきた気がして、メロディーになりそうな気がしているのだが、思うように体は反応してくれず、そのわりに脳みそがやけにヒートアップしているもよう。変なところに力が入っているからだろう、気がつくと腕や首の筋がカチカチだ。

そんな時間を家のピアノの前で過ごし、なんとか練習曲を形にして、教室で先生に聴いていただく。もう、その出来は自分でも重々承知で、こんな拙《つたな》いプレイで申し訳ない、とただでさえ弱気なところに、先生の何気ない咳払いや椅子に座り直す気配を右後方に感じるだけで、「あ、先生飽きてる?」とさらにヨレヨレなことになり、自分のメンタリティーの弱さを思い知らされるのだった。なぜ、家のピアノでできたことが教室でできない？　誰かが聴いている、と思っただけで、いらぬ「緊張」という魔物が私の手に舞い降りるようだった。

魔物は、姿勢の確認のために自分のケイタイのカメラで動画を撮影した時も私の手に舞い降りた。撮影していると思うだけで集中できない。おまけに動画を再生してみたら、眉間にしわがより、瞼が目に覆いかぶさり、口はへの字。なんと魔物は私の顔にも取りついているではないか。楽しいことをやっているはずなのに、なぜこんな恐い顔してる？

ピアニストとしての私に必要なのは、まず、鋼鉄のメンタリティーではないのか。卓球の伊藤美誠選手のような不敵な笑みではないのか。試しに弾く前に日角をあげてみたら、あら不思議、すらすら弾けるじゃない。というのは妄想で、希望です。魔物をはねのける強さよ、我に降臨したまえ。

エスカレーターの時間

私の住む東京は、地上に建物が高く聳《そび》えているかと思えば、地下もかなり深い。建物も複雑に入り組んで、行きたいところが見えているのに、迂回したり、いったん地下に潜って再び地上に出たりしないとたどり着けない。それだけで息が切れる。

　東京にかぎらず、高低差のある街では、エスカレーターやエレベーターは必須だ。高低差の問題だけでなく、階段の上り下りが難しい人にとっては、まさに命綱。私も普段は健康のためにできるだけ階段を使うようにしているが、体がだるい時や、膝が痛い時はエスカレーターを使う。本当にらくちんでありがたい。

いつの頃からか、エスカレーターの片側は、歩く人のために空ける風潮になった。きっと、通勤の時に、一刻も早く会社に行きたい人から始まった風習なのではないかと想像する。でも、混雑時、片側が空いているのに、だれもエスカレーターを歩かない場面もあって、かえってエスカレーターに並ぶ列が滞ることもしばしば。ひとたび歩くほうを選んだら、途中で立ち止まってはいけない殺気を背後に感じるからか、あまり長いエスカレーターだと歩く人がいないようす。つねづね変な風習と思っていた私は、空いているスペースに立つようにしている。列が混んでいるのに片側がスカスカの時などは特に。のどかなエスカレーターの時は歩くつもりの人も立ち止まるけれど、殺気立ったエスカレーターでは、こちらも緊張して立ちはだかる。早くおりたい高校生たちは、そんな私のことを、エスカレーター事情を知らない外国人と思ったのか「えくすきゅーずみー」と声をかけた。

最近はわざわざ「エスカレーターは歩かない」というステッカーが貼られるようになった。それでもまだ歩く人はいるけれど、前よりも堂々と立ち止まれるようになった。エスカレーターに乗っている時間まで惜しいって、それは明らかに生き急ぎすぎですよね。

スタンス!

近所の川沿いを散歩していたら、三階建てくらいの、アールデコ風というか近未来風というか、そんな感じの立派なビルの周りに人の列ができていた。列のある川沿いの車道は狭く、警備員さんが赤い棒を持って整理している。どうやらその建物は、外資系コーヒーチェーンの旗艦店らしく、その大きなガラスの壁を通して、金属製の業務用の機械やガラスケースがキラキラ輝いているのが見える。路上の列のボリュームに比べて、店内はゆったりとした雰囲気だ。あとで聞いたところによると、入店には整理券が必要で、店内の空間が快適に保たれるよう入場の制限をしているということだった。

今の世の中、人気のお店情報は瞬時に広がって、全国各地から人が足を運ぶのでこのようなことになるのかもしれないが、「なにも並んでまで……」という気がどうしてもしてしまう。そこの旗艦店にしかないメニューもあるのだろう。だが私はいろいろアレンジされたコーヒーがそんなに好きでもないのであまり魅力を感じない。いわゆるコーヒー、カフェラテ、エスプレッソで、もう私にとっては完璧なラインナップ。とにかく甘くてクリーミーでもにゃもにゃしたコーヒーは、コーヒーとおやつを同時に飲み込まされているような、複雑な気持ちになるのだ。私は、甘いものは別に用意して、コーヒーを飲みたい。

しかし、「コーヒーと甘いものは別々に」なんて、昭和の刑事《デカ》みたいなことを言っているのは（どんなイメージだ）、すっかり時代遅れなのだ。ドアを開けるとベルがチリリンと鳴ってカウンターの向こうにシブいマスターがいるような、近所のお年寄りが集ってスポーツ新聞を読んでいるような、いわゆる喫茶店というものは、今や検索しないと見つけることが難しくなってしまった。「喫茶店」の前に「レトロ」と入力するのも忘れない。一方で、気軽に若者たちが出入りするカフェは街を歩いていても比較的簡単に見つけることができる。間口はそんなに広くはなくとも、さっぱりと小じゃれた店構えで、アレンジしたコーヒーの種類も豊富。植物系のミルクやスパイス、クリームや、チョコレートなどを組み合わせて、紙のカップにたっぷりと淹れてくれる。若者たちは、そのまま店を出て歩きながら飲む、という器用なことをやってのけるが、私は着席であっても、蓋の穴から上手に飲むことができずいちいち全開にするので、そのたびにぼたぼたと雫《しずく》が垂れる。そんな店は、たいてい入店時のレジカウンターで注文するため、瞬時にメニューを判読しなくてはならない。注文はいわゆるコーヒー。いつも迷いはないが、ときどき、ハンドドリップだったり、深煎りコーヒーだったり、水出しコーヒーだったり、今日のコーヒーだったり、いわゆるコーヒーにも種類があって、一瞬たじろぐ。もたもたしていると後ろに列ができる。

ところが、そんな瞬発力を必要とされるカウンターでの注文の後は、店内のWi-Fiを使って延々と仕事や勉強をしても良いという気前のいい店もある。テーブルには親切にコンセントまでついている。かと思えば、特別料金を払って、ワークスペースとして使用できる店も。そういう景色を見ると、現代のコーヒー文化の多様性を実感するのだった。街を歩けば、本屋とコーヒー、古着屋とコーヒー、美容院とコーヒー、コインランドリーとコーヒーなど、新しい組み合わせの店を見つける。いろいろな状況や気分でコーヒーを楽しむことができる贅沢よ。

新しいコーヒー屋を見かけると、気になって覗いてみたりするが、若者で賑わっている店は、入るのにためらうことも多くなった。たいてい量が多いし、椅子に座ると足が床につかないし、まったりした若者の醸し出す圧も、キャッキャした若者の華やかさも、私の心をざわつかせる。コーヒーを楽しむというよりなんとなく気づかれしてしまう。やはり、多少格式張っていたり、ローカルチックであっても、喫茶店という体裁の店のほうが私はおちつく。テーブルにお水とメニューが運ばれてくるような店。喫茶店の手持ち無沙汰な時間もいいものだ。しかしそれも侮れないのは、最近は席に着くなりタブレットを渡され、そこから注文してくれという店もある。「コーヒーください。ホットで」といえば三秒で済むものを、わざわざタブレットの電池を消耗しながら、ページを繰ってコーヒーを探して注文するのだ。なんの効率がいいのだろう。だがその店が親切だったのは、私たちおばちゃん三人がタブレットに難儀していると、すぐに口頭の注文に切り替えてくれたところだ。こういうハイブリッドなサービスは、高齢化社会には必要なことだろう。

美味しいコーヒーは自分で淹れて飲むことだってできる。わざわざ外で飲むのは、やはり、その時間を特別なものにしたいからだ。人気のお店で味わう高揚感。クールな店でいただく緊張感。大らかで親しみやすい店の安心感。空いた時間をとにかく埋めたい適当感。

そして、不用意に「この店でなくては味わえないコーヒー」などというものに出合うと、コーヒー好き冥利に尽きる。いずれにしても、コーヒーと甘いものは別に。これは私の基本のスタンスだ（スタンス！）。なんだかどんどん昭和の刑事っぽくなってきたので、この辺で筆を置こう。

ピアノ道①

ピアノ教室の月謝袋に押されたハンコがいっぱいになり、三枚目となった。つまりピアノ道三年目に突入したのだ。石の上にも三年、桃栗三年柿八年などというが、三年目くらいではピアノを弾けるというレベルには至らない、というのが私の結論だ。特に、肉体のピークから下る一方の五十代の三年間と、肉体のピークに向かって上り続けている一桁台の年齢の人間の三年間とでは、習得の度合いが違うのは当然のこと。身体機能はこれからますます鈍くなっていくはずなので、いつもながら、チータの歌うとおり「三歩進んで二歩さがる」精神で、いろいろ欲張らずに続けていくしかないのだろう。

そう、欲張らずに。しかし、欲張るとしたら、一体何が欲しいのだろう。やっぱり、自分の好きな曲を気持ち良く弾けるようになりたいし、たまには誰かに聴いてもらいたいし（もちろん、いいね！と言われたい）、合奏なんかもできたら楽しいに違いない。だが急にそんな風にはならないのは身をもって実感している。もしかしたら時間をかけてもならないかもしれない。

ところが少し前に、テレビ番組で希望のニュースを目にした。それは、これまでまったくピアノの経験のない、五十代の海苔漁師の男性が、「ラ・カンパネラ」だけを七年間練習し続け、遂に弾けるようになり、それをあこがれのフジコ・ヘミングの前で披露したというもの。がっしりした体格とごっつい指で、繊細なニュアンスを見事に表現し、その演奏は「漁師じゃなくて、ピアニストになっていればよかったのに」とフジコから称賛の言葉を賜っていた。彼は、七年間仕事以外の時間は、ほぼピアノの練習にあてていたそうだ。これぞまさに、ピアノ道。地道な努力を長らく続けてたどり着いた輝かしい瞬間だ。この一件は、私にとってはもちろんのこと、世の中のシニアピアノビギナーズの希望の光となったのは間違いないだろう。

しかし「仕事以外の時間」を「ほぼ」とはいえ、ピアノの練習に費やすという生活は、実際には、相当難しいのではないだろうか。仕事以外の雑事の中からまとまった時間を捻出することも簡単ではないし、練習し続ける体力気力も、五十代ともなればそう維持はできない。特に長時間の練習はキビシイ。初心者の練習は、初めのうちは音符も指運びも単純、練習曲も短いので、頭でなんとなく覚えてクリアできるのだが、段階が進むにつれて、暗譜ではとうてい追いつかず、どうしても音符を目で追わなければ弾けなくなる。指の筋肉がなってないのにくわえ、思うように指が動かないという加齢による運動神経の衰えもある。老眼のマナコを見開いて右手と左手の音符を同時に追い、えっちらおっちらと鍵盤を押さえていく。段階が進むほどに脳への伝達事項が多様で複雑になってくるので、そのいちいちを、ゆっくりゆっくり嚙んで含めるように練習していかないと、頭にも体にも入ってこない。それゆえに一時間くらい集中して練習しても、両手で三小節弾けるか弾けないかというショボい成果しか上がらないこんなショボい分量なのに、脳みそがクタクタになる。でも、練習は面白いのだ。でもクタクタ。続けたいのに疲れている、という不思議なループにはまり、こうなると、練習の効率も悪くなるので、切り上げることにする。ピアノを弾くのが仕事ではないし、何も必死になることはないのだ、と。買い物に行かなければならないし、晩ご飯も作らねばならないし、原稿も書かねばならないし、猫が俺と遊べと主張し続けているし、母親の長電話にも付き合わねばならない。平凡な一日とはいえ、やることはたくさんある。ピアノの練習ばかりに時間を割くことは難しいのだ。それを、「仕事以外の時間は、ほぼピアノの練習にあてていた」という海苔漁師。覚悟というか決意というか献身というか祈りというか、それを続けた海苔漁師は、ピアノ一筋、努力を続けた立派な人であると同時に、幸福な人だといえるだろう。一日の多くの時間をピアノの練習に費やすことのできる、精神力と体力。それも才能だ。きっと練習すればしただけ、体とピアノは親しくなる。語学だってなんだって、どれだけの時間をその対象に費やしたかで、成果が正直に現れるのではないだろうか。一日十分聴き流すだけで英語が喋れるようになるわけがないし、一日一時間そこそこの練習でスラスラとピアノが弾けるわけがないのだ。

ただ、物事には成長曲線というのがあるそうだ。努力と成長は比例関係ではなく、積み重ねてきた努力が、急激に上達する地点があるというのだ。その地点に到達するまでは、上達の度合いもぼんやりモヤモヤしているけれど、じりじりと引いた弓から矢がすぱーんと放たれるように、ある時突然に上達を実感できるらしい。その矢はもちろんギリギリまで引いたほうが力強く遠くへ飛ぶ。だが多くの人は、もうすぐ矢が放たれるという直前で心が折れてしまうとか。放たれる直前が一番の踏ん張り時なのだ。かけた時間と努力の度合いによって、弓を引く力加減はまちまちだろうし、放つ瞬間もそれぞれに違うだろう。でもいつか必ずその矢が放たれる時が来るのだと。

難しいところが弾けるようになったと喜んでいると、すぐに次なる難関が立ちはだかる。練習曲を完璧に弾けたためしがないまま、次の練習曲へと進んでいく。そのモヤモヤした気持ちがいつもあるけれど、新しい練習曲になると、やっぱり面白い。「道」というのは終わりがないのだ。進めば進んだぶんだけ景色が広がるし、ときどき後戻りしていることもあるかもしれない。でも終わりがないから、安心してゆこう。

いつか放たれる矢を心待ちに、今日もモヤモヤとピアノに向かう。もっと練習したいと思う。そう、欲張るとしたら、仕事以外の時間を、ほぼピアノにあてる生活、いや、好きなだけ練習できる生活、してみたいなあ。

ピアノ道②

『バッハ　ピアノ小品集』という教本をほぼ一年がかりで終えた。

小品集というくらいだから、小ぶりな作品を集めたものなのだろう。確かにページを開いてみると楽譜の音符同士にはそれなりの隙間があって、ぱっと見たかんじそんなに難しそうではない。ところがそれらの曲はどれも、左右の手がそれぞれ別の旋律を弾く、ポリフォニーという形式のもので、とてつもなく難しいのだ（私には）。右手の旋律に左手がつられたり、途中で、あるはずの指が足りなくなったり、もつれたりかすれたり。たった二分ほどの曲を最後まで弾くのに一カ月かかるのはザラで、最初の一小節だけで一週間かかることもあった。それを一冊終えたというのだから、われながらよくがんばったと自分を褒めてやりたい。ただ、終えたと言ってももちろん完成形には程遠く、どれもポンコツな仕上がりで、まあ、一応修業の通過点として終了した、というレベルなのだが。

ピアノを習いたての頃は体中が力んでいて、首から右の背中にかけての痛みが慢性的にあった。趣味のピアノ教室に通いながらリハビリテーション科にも通うという、大袈裟なことに。そのリハビリテーション科の先生には、これまでも舞台などの仕事で身体を痛めた時や、ちょっとした不調の時にお世話になっていて、治療はもちろんのこと、体の効率的な使い方や、日頃の軽い運動の方法なども教えていただいていた。理学療法という視点からみる体の筋肉の仕組みは、ちょっとしたマジックのようで、体に向けるほんの少しの意識で、腕の伸び方や腰の据わり方、歩き方などが変わってくるのが面白い。不調な部分をかばうために、知らず知らずのうちに体のほかの部分に負荷がかかる。それで余計に痛めてしまうらしいのだが、先生の治療は「え、首が痛いのに、そこですか」というような、首から遥か遠くのお腹と足の境目の筋肉をじわじわ伸ばしたりする。すると、確かに首がさっきよりも楽に回るようになるのだ。私の「ピアノ首」の原因は、背中をそり過ぎることで、肩の可動域にブロックがかかり、その状態のまま、遮二無二練習を続けていたのが原因らしい。「姿勢でピアノはグンと上手くなる」とか、「ピアニストの体」的な本の文章や図解を見ては、私なりに研究していたつもりだったが、紙面という二次元から学ぶには限界があった。とにかく私の誤った解釈のもとに構築された、背筋の伸びすぎた姿勢が問題だったのだ。

リハビリの先生は、椅子に座った私の両膝の間に直径二十センチほどの柔らかいゴムボールを挟ませた。不思議なことにそれだけで、腰の周りの余計な力が抜けて、下っ腹がしっかり安定する。すると、肩甲骨周りが柔らかく伸びて、肘から下の腕の動きも滑らかになる感じがするのだ。「いつもボールを挟んでピアノを練習する必要はないですけど、たまに挟んで感覚を確認してみてくださいね」と先生にアドバイスをいただいた。今回もマジックのようだ。少しでも早く上達したいというがめつい私は、それからいつもボールを挟んで練習することにした。

いっぽうピアノの先生には、初めの頃「腕の重みは、すべて指の第二関節で支えるイメージ」と教えていただいた。でも、「手首は固めない」。だが今もって音符を目で追うのに精いっぱいで、腕はガチガチのまま、課題は未だ解決できていない。さらに今後は「太ももの内側を引き締めて下っ腹を安定させる」というのが加わった。世のピアニストの人たちは、本当にこんな体でピアノを弾いておられるのか。きっと弾いておられるのだろう。ただ、初めこそ指や手首、姿勢など、意識していたかもしれないけれど、続けていくうちに自然と体に沁み込んで、それがあたりまえの体になっているのだろう。赤ちゃんがもし感情を言葉にできたなら、歩いている人を見て「え。二本脚で歩いてるの、うそでしょ」と思うようなものかもしれない。

今は便利な世の中で、ユーチューブやインスタグラムなどで、存命のピアニストはもちろん、かつての名ピアニストの演奏もいろいろとのぞき見ることができる。それらのピアニストのみなさんは、あたりまえだが信じられないくらい上手で、弾き方も個性的だ。いかにも紳士淑女然とした背筋の伸びたかたがいるかと思えば、むち打ちにならないか心配になるくらい首をぶん回しているかたもいる。曲のインスピレーションが溢れ、ある種のトランス状態のようになり、演奏よりも顔の表情のインパクトが強すぎて、観ているこちらの気持ちがブレてしまうこともある。だがそんな状態で弾いていても、きっと下っ腹に力がはいり、腕の力は抜けているのだ。

生のピアノ演奏を聴くことが、直接上達にかかわることはないかもしれない。それでも少しはご利益がある気がして、気になるピアニストの演奏会にはなるべく出かけることにしている。初めの頃はとにかく良い席で聴くべし、とステージ正面のエリアの席をとっていた。そのうち、正面エリアからだと、ピアニストの右からの姿しか見ることができないことに物足りなさを感じるようになった。弾く姿を、鍵盤にのる指を、もっと近くで見たい。それには、ステージ向かって左の二階席が最適なのでは、ということに気づいた。今では座席が選べる演奏会の時は、積極的にピアニストの背中側の席を選ぶことにしている。そこから見て思うのは、職人の世界に「背中から学べ」というのがあるが、ピアニストの背中にもそういう要素があるということだ。正直、二階の席からでは、指の細かい動きまではわからない。でも、細かい動きや顔の表情がわからないからこそ、ピアニストの体がよく見える。ピアノに向かう気迫も、その人柄までも見える気がする。そして激しい演奏の時も、腰から下は安定感があり、肩の位置がぶれていない、ということも。それらはきっとステージ正面から見るだけでは気がつきにくいことだ。

二〇二一年のショパンコンクールで優勝した、ブルース・リウのコンサートが日本であったので、楽しみに出かけた。ステージ脇の二階席が取れなくて、三階の席だった。そして、驚いたことに、そこからはステージがまったく見えないのだった。いくら演奏会といっても、演奏だけ聴ければ良いというものでもないだろう。やはり、せっかく来日してくれたブルースさんのお姿も拝見したいではないか。幸い一列目だったので、周りに迷惑にならない程度の前のめりの姿勢で、なんとかブルースさんの頭頂部から上半身にかけて見ることができた。私の後ろにも何列か席があったので、その席のかたがたは間違いなく、何も見えなかったろう。気の毒なことだ。前のめりの姿勢に加えて、目線は自分の下瞼が見えるくらい下向きだ。あまりに不自然な体勢で本当にツラい。だが、今までにない角度から演奏を見られたおかげで、また新たな発見があった。激しいテンポの時は指の動きが速くて残像しか見えないくらいなのだが、ゆっくりと優しい音色の時は、手のひらが、ただ鍵盤の上を、リニアモーターカーのようにス――――っと移動しているだけなのだ。もちろん鍵盤を触ってはいるのだろうが、それくらい弱いタッチでも支点が安定しているということだ。そして、どんなに激しい演奏でも、ブルースさんの頭頂部の高さはほぼ変わらないのだった。肩の位置も。例えてみれば、頭から糸で吊るされた操り人形のようなしなやかさ。頭と肩以外の動きは激しくとも、芯がぶれていない。

「はー。こんな体になってるのねー……」

若々しくて、気持ちの良い、素晴らしい演奏を聴かせてくれたブルース・リウの背中に、またピアノ道の奥深さを教えてもらったのだった。やはり、演奏を生で見ることは貴重な体験だ。

そして、眼球が下に振り切った白目の状態にくわえ前のめりの不自然な体勢で、七回ものアンコールまで見届けた私は、またリハビリの先生のお世話にならなければならなくなったのは言うまでもない。

青い猫

なんだか喉が嫌な感じだった。その日は「がっつり肉を食べたい」という友人たちと、ステーキが自慢のお店でランチの約束があった。喉以外はまったくなんともなかったので、普通に出かけた。

休日の店内は、家族連れやデートで賑わっていた。ほどなく私たちのテーブルにも、三人で食べきれるかというくらいのステーキが、煙をあげ、ジュウジュウ音をさせ、ドーンと運ばれてきた。骨の周りにどっしりついた肉は三人仕様に切り分けられてある。食べきれるかという心配をよそに、肉はスイスイと私たちの胃袋に収まっていった。食事をしている時は水分や油分で喉の違和感は気にならなかったものの、少し落ち着くと、やはり気になった。食事で体が温まると、友人のひとりは花粉症だといって、鼻をグズグズさせた。私は花粉症ではないので、そのつらさがよくわからないのだが、そうか今は花粉症の時期なのか、と思った。そういえばその症状は風邪にも似ていて違いがわかりにくい、ということを聞いたことがあったなあ、と喉がなんだかザラザラする話を友人にすると、「あ、それ絶対花粉症。ようこそ」と、勝手に歓迎された。確かに花粉症でないほうが今は珍しい。世間で、花粉が、花粉がと騒ぎだすと、花粉症でない自分のほうが異常な気がしてくる。周りの知り合いが、ある日突然花粉症デビュー、というのも最近よく聞く話だ。全面的に納得はしなかったけれど、そうか、もしかしていよいよ私もなのか、と突然の花粉症疑惑を受け入れる態勢になったのだった。

翌朝、熱がでた。体温計のデジタル表示は三十九度に近かった。うーむ。これは……。昨日気になっていた喉は、特に酷くなっている様子はなく、同じようにザラザラしている。体に力がはいらず怠《だる》いという以外は、どこかが痛いとか、吐き気がするとか、食欲がない、といった症状はない。これはきっと、このところの疲れがでたのだ、とあまり悲観的にならずに体もうと決め、ひたすら寝た。体の動けそうな時を見計らって、やや多めの野菜スープを仕込んだり、雑炊を作っては食べ、眠った。翌朝も熱が三十八度を超えていた。さすがにこれは、ただの疲れではなさそうだと心配になり、漢方の先生にメッセージをすると、「それ、インフルエンザかも」と返信が。インフルエンザとな。しばし、ポカンとその言葉をかみしめたあと「こんなことをしている場合ではない、備えねば」と俄然覚醒し、寝間着の上に外着をまとい、ぼさぼさ頭に毛糸の帽子をかぶり、マスクを二重に装着して近所のスーパーに車で買い出しに出かけた。外出する体力にも限界があるので、スーパーでは瞬時の判断力で商品を次々にピックアップ。滞在時間三分で、自宅に戻ってきた。手を洗い、うがいをし、品物を収納し、また手を洗い、寝床に収まった。そして眠った。

夕方目が覚めて、これまでのことはすべて夢であって欲しいと思いつつ熱を計るとやはり、三十八度超え。これは、薬も飲まずにのんきに寝ている場合ではないのではないか。二日後には友人との約束もあるし、仕事の予定もある。インフルエンザと決まったわけではないし、コロナの可能性もあるけれど、寝床の中で「インフルエンザ治療法」とインターネットで検索すると、最新の特効薬がある、との朗報が。ただし発熱後、二日以内に服用しなければ、効力が発揮されない、という条件付きだ。二日？　今日は？　二日目？　二日目！　今日でしょ！と再び寝床から跳ね起き、顔を洗い、歯を磨き、服を着替え、もちろん毛糸の帽子に二重マスク、財布と保険証だけ持って徒歩四分の内科医院へ、体力を消耗しないレベルの歩調で急いだ。受付終了時間が迫っていた。

医院の玄関のドアには「発熱のかたはまずはお電話ください」と貼り紙があった。携帯は家に置いてきていたので、恐る恐るドアを開け、受付で小声で「電話がなくて、すみません、熱が……」というと、受付の女性は迷惑そうな顔もせず、「あ、じゃ、こちらでお待ちください」と待合とは別の小部屋に通してくれた。診察用のベッドといくつかの検査機器、換気扇が稼働していて、壁には、薄いスチール製と思われる、やや雑にカッティングされた斬新なフォルムの、目を見開いた青い猫のオブジェが貼られていた。しばらくすると、背筋は伸びて若々しいけれど、おそらく八十に近いと思われるおじいさん先生が入室してきた。穏やかに、症状について質問され、あーん、と喉を見られ「赤いですね。検査してみますか？」と言われ、「そんなの当たり前、ほら早く検査検査！」と内心気は急いていたけれど、しおらしく「お願いします」と言った。先生は、検体採取用の細い棒を袋から取り出すと、「鼻の奥に入れますよ。はい、力抜いて、あの青い猫を見ててくださいねー」。青い猫！　青い猫よ。これがお前の役目だったのか。小児科も併設しているので、子どもに注射や検査などの処置をする時、目の前の恐怖から気を逸《そ》らさせるために、この青い猫はいたのだ。先生が私の鼻の奥に棒を突っ込む作業をしている間、私は眼球を思いっきり左に向けて、やや雑なフォルムの青い猫をじっと睨んでいた。不安と不快と恐怖のまなざしを、青い猫はいつも浴びているのだろう。大変な仕事だ。実際そんな顔をしていた。検査の結果は、やはりインフルエンザだった。例の特効薬の処方箋を手に薬局を訪ね、家に帰って、その薬をすぐに飲んで、床についた。そしていつの間にか眠った。

よく眠った次の朝は、さすがにこれまでの二日間とは少々違う感じだったが、特効薬というわりに、そんなに劇的な復活は見られないような気がした。熱は三十八度を切ったものの、七度の高いほうだった。普通に朝ごはんを食べて、少し冷静になったら、あちこちに予定の変更を連絡しなければならないことにあらためて気がついた。

美術館からうなぎ屋へ、と約束していた友人や、近々の仕事のスケジュールの変更のお願いの連絡を、寝床からラインやメールでした。病人なのに、あれこれと忙しいのだ。半端に動けるものだから、家のこともそこそこやってしまう。さすがにお風呂に入ったり、家じゅうの掃除をする気力はなかったが、命をつなぐための要所である台所が汚れているのはなんだか余計に気が滅入るので、ふらふらしながらも、食器を洗い、レンジ周りを拭き上げたりしている自分。そしてまた寝入る。

そんな自分をさすがに不憫に思う。幸運にも、今回はほぼ高熱のみの症状だったからなんとかなった。しかし、これがもっと酷い、吐き気や下痢、痛みを伴う症状だったら、どうだろう。ひとり暮らしは、元気な時は気ままこの上ないが、ひとたび体調を崩すと、不安や孤独といった負の感情に包まれる。この先もっと年を重ねて、同じように体調を崩せば、感情だけでなく実質的にいろいろ困難なことがあるだろう。「なにかあったら言ってね」と声をかけてくれる友人がいるのはありがたい。実際に駆けつけてくれなくとも、気持ちを支えてくれる。そして病人は、これまで当たり前だった健康や周りの人のありがたさを朦朧《もうろう》とかみしめるのだ。ひとりで暮らすことは、ひとりで死ぬことなんだな、とここにきてあらためて思い、死んだ後のあれやこれやは、周りに迷惑をかけるけど、そこはひとつよろしくお願いします、と誰にかけるでもなく、ぼーっとした頭で思った。

パンを買いに

パンを買いに家をでる。目的はそれだけだ。

近所に、週の半分しか開いていない小さなパン屋があって、またそのパン屋が人気で、ぼんやり午後遅めに出かけると、「売り切れ」の札がちんまりとぶら下がっている。お目当ては小ぶりな食パンだ。ややずっしりしていて、生地の香りが芳ばしい。小ぶりと言っても、ひとりで食べきるには一週間はかかる。お米も好きなので、朝ごはんに毎日交互に食べたとすると、次にパン屋に出向くのは二週間後ということになる。もちろんパンを二週間もその辺に置いていたらカビが生えるので、半分ほどスライスしてから冷凍庫へ。本当は新鮮なうちにむしゃむしゃ食べたいところだけれど、ひとりの食卓には少々辛抱が必要だ。多すぎて食べきれないとは、なんという贅沢な悩みだろう。

子どもの頃、夕方仕事から帰った母親は、両手に満タンのスーパーの袋をいくつもぶら下げていた。五人家族は、その満タンの袋の中身をあっという間に平らげた。多すぎて食べきれない、ということはなかった。むしろ剝かれたリンゴの数で、きょうだい喧嘩が勃発するような油断できない食卓だった。

ひとり暮らしをするようになって、自分の好きな物を好きなだけ食べられることは嬉しかったし、料理も、今思えばおままごとのようなものだったけれど、それなりにやった。けれど、売られている大抵の食材はひとり分の料理には多すぎて、使いきれず処分することもしばしば。その頃は、今より〝もったいない〟という概念が世の中的に薄かった気がするが、私も、食べ物を無駄にする後ろめたさはあったものの、その食材を上手に使いきる知恵はなかったのだった。というと、いかにも今は知恵がついたような言い回しだが、やっぱり知らないこと、やったことのないことがたくさんある。大好物だった母親の作る鶏の炊き込みご飯の作り方も知らないし、おはぎも作ったことがないし、キムチを漬けたこともない。それでも若い頃は、いつか誰かのために料理することになるのだ、と心のどこかで思っていた。それを当然の使命のようにも思っていて、美味しいものを作れるようにならなければ、という向上心もあった。食卓の原風景も五人家族の賑やかなものだし、自分にもそういう任務が将来やってくるのだ、と。しかし、そんな任務はやってこなかった。それはそれで、ちょっと物足りない気もするけれど、心理的にも肉体的にも楽でありがたいというほうが、今は勝っている。毎日毎日家族のために食事を作らねばならない暮らしを、もし、私が今していたら、絶対に寿命が十年は短くなっていると思う。

私は私のために料理をする。そこにとりわけ感情はない。お腹が空くから料理する。面倒くさい時はスーパーで買う日もある。けれども、たいてい味が濃くてお腹が疲れてしまう。やはり自分の味付けが体にあっているのだろう。といっても、最近は味付けなどと気取った単語を使うのも憚《はばか》られるような、最小限の手間で作れるものばかりだ。朝のスクランブルエッグは、塩も使わない。バターの風味と卵の味で、十分美味しいことに気づいた。蒸し野菜や肉や魚も塩と胡椒くらいなもの。あれこれと調味料を使わないぶん、素材そのものの味や香りがよくわかる。それがいい。しゃぶしゃぶ用のラム肉をくるくる丸めて包んだだけの餃子もなかなかだった。手の込んだものは外食で、と決めて、家では徹底して簡潔に。ここ近年のコロナウィルスのせいで、家でひとりで食事する時間が圧倒的に増えたのも、この超簡潔料理に拍車をかけた要因といえるだろう。

かと思えば、おやつをわざわざ手作りしたり、果物をジャムにしたり、豆を煮たり、そういう作業はまったく苦にならないのだった。それらは言ってみれば余暇のようなもので、生命の維持に直接関係ないからだろうか。それに「こんなに砂糖を使うのか」とか「こんなに嵩が増えるとは」など、地味な発見があり、まるで実験をしているような愉しさだ。一応、既存のレシピを参考にはするけれど、要領がわかってくると、次は分量の配分に自分なりの工夫を加えてみる。思いがけず絶品になる時もあるけれど、絶望的な結果になることもある。一度、レシピに背き蕎麦粉百パーセントで焼いたクッキーは、京都銘菓八ツ橋の百倍の硬さで、文字通りまるっきり歯が立たないがっちがちの仕上がりになった。でも捨てるのは悔しいので、口に含んで酢昆布のように馴染ませてから、飲み込んだ。ベランダで二、三の野菜を育てて食べるというのも、同じく実験的な愉しさだ。誰にも急かされず、生命の維持にも直接関係のない、切羽つまらないこれらの活動は愉快である。

毎日ひとりっきりで食べる食事は、なんの映えもないし、地味だし、さみしい。こんな食事の時間がこの先、二、三十年も続くと思うと、気が遠くなるので考えないようにする。家族がいても必ずしも食事は団欒のひとときではないだろうし、自分の食べたくないものを頑張って作らなくてもいいのはありがたい、というふうに言い聞かせる。そして一方では自分の今の境遇が、とても気楽だという正直な気持ちも。今の私は、生きるために食べている。それを侘しいとは思わない。なぜなら、私は私の大好きなパンを買いに行くことができるのだから。

4

未来へ連れていかれる日

買い物

私が二十代前半の頃、日本はバブル経済に沸いていた。なんだか知らないうちにみんながお金持ちになって、高い服をバンバン買い、海外旅行にじゃんじゃか出かけ、高級外車をブイブイ乗り回し、シャンパンをスポスポ開けた。夜遊びとお酒が苦手な私でさえ、若者の義務であるかのように遮二無二夜の街に遊んだこともあった。

その頃のテレビ番組も勢いがあった。華やかなトレンディドラマはどれも大ヒット、海外ロケのドラマやドキュメンタリーやクイズ番組もたくさんあった。「やっぱり猫が好き」という深夜ドラマに私が出演していたのもこの時期だ。もたいまさこさん、室井滋さんと私の三姉妹が暮らす部屋や、衣装やメイクなども、振り返ればバブル風味だった。ドラマの内容はナンセンスだけど極々日常的で、出演者も庶民的なのに、どこかバブルっぽい雰囲気というのが、時勢というものか。私自身、当時、いかにもバブル的オラオラ生活をしていたという自覚はないが、その頃の写真を見てみると、今よりちゃんと化粧をしてちょっと高そうな服を着ている。夜な夜なお立ち台で大きな扇をフリフリするボディコンのお姉さんや、ジャケットの裏に札束を入れて、シャンパンタワーで盛り上がるムッシュやマダムたちといった風俗を「へーっ。すごいね（笑）」と、むしろ冷ややかな眼差しで見ていたはずの私でも、やはり知らず知らず時代の波に足を浸していたもよう。そのことを裏付けるように、海外の高級ブランドの服やバッグが手元に少々残っている。バッグは現在も変わらないデザインで作り続けられていて、相変わらず人気らしい（雑誌情報だが）が、私自身がそういうモノを日常的に使う暮らしを今はしていない。バッグは軽いのが一番、服も家で洗えるかどうかが重要事項だ。これから年齢をさらに重ねると、ますます身の回りのものは軽量化されていくに違いないので、頃合いをみてこれらの遺物の行き先を決めねばならぬことになるのだろう。

品質の素晴らしいものを、よく「一生もの」と形容する。そりゃ、一生気に入って使い倒せば確かに一生ものだし、特に和服の場合は、そういう力を持つものもあるかもしれない。しかし洋服に関してはどうだろう。生地や縫製は良くとも、形が古くなったりして、なかなか「一生もの」となるのは難しいのではないか。それに一生使えるものでも、所有する人間のほうの価値観が変わるという場合もある。飽きることもあるだろう。私は「一生もの」を信じない。そして、どんなに気に入って、高いお金をだして買ったものでも、悲しいかないつかはゴミになる。

かつてゴミにさえならない悲惨な買い物をしてしまったこともある。マンション暮らしで退屈そうな二匹の家猫のために、おしゃれな家具屋さんに注文して、木製のキャットタワーを製作してもらった。見栄えが良く、スペースもとらず、なかなか考えられたデザインで私は気に入っていた。しかし、当の二匹はまったく興味を示さない。むりやりタワーに乗せても、瞬時に飛び降りてしまう。猫あるあるだ。そのうち慣れるだろうと呑気でいたら、もはや猫の乗らないただの〝タワー〟は、気がつくと二年以上も居間の一角を占居していた。家の中のどの家具よりも大きいそのタワーをこのまま放置しておくのもどうかと思い、誰か欲しい人がいたら譲りたい、と周りに話すと、知り合いの伝手《つて》で、関西にお住まいのかたが引き取ってくれることに。連絡を取り合い、日取りを決めて、あとは運送会社を探すだけとなった。しかし、そこでまさかの現実が。「家具の引っ越し」というサービスを掲げる運送会社に連絡すると、なんでもキャットタワーというものは、家具のジャンルに入らないので運べないというのだ。じゃあ、家具としてでなく、何か他の方法で追加料金で済むならば、と強気にでても、タワーを運んでくれる運送会社は見つからなかった。唯一、某大手運送会社が、「飾り棚」というジャンルにむりやり寄せて、運んでくれるかもしれない局面になり、見積もりは搬出当日で、ということになった。実際に、猫が使用しない間、植木を飾っていたこともあったし、「飾り棚」、いいじゃない、それでいけるんじゃない、と希望が胸に灯った。搬出当日、三十代くらいの、いかにも力持ち風の男性が二人でやってきた。タワーは木製なのでとても重く、私ひとりでは移動させることもできないが、この二人ならばわけないだろう。しかし、彼らは、タワーをみると、

「これはー、ちょっと無理ですねえ」

「え」

「これ、形が、ちょっと複雑ですよね。梱包が、できない、かな」

「あ、硬い資材とかでグルっと囲ってとか……」

「いや、ちょっと、それはー」

と、二人の大男はタワーを撫でただけで、帰っていった。結局タワーはどの運送会社にも見捨てられた。私はタワーを見上げ茫然とした。じゃなにかい、このタワーはもうこの家から運び出すことは一生できないのかい。家具屋さんと念入りに打ち合わせをし、出来上がるまで何カ月も待ち、やっと我が家にやってきたキャットタワーが、今では猫にも運送会社にも相手にされないただの巨大なオブジェとなり、次の行き先もないまま家に放置されるという現実。最悪、粗大ゴミにするにしても、ひとりでは運び出すこともできない。もはや切り刻むしかないのか。それはあまりに切ない。仮にのこぎりで刻むったって、それを私が？　ひとりで？　金属の接続部分も解体の必要がある。それも私が？

考えた。運び入れることができたものを、運び出すことができないという世の中の不条理。よかれと思って買ったものが、あっという間に不要となってしまった現実。

そもそもこのキャットタワーは必要だったのか。家猫が退屈そうだと思ったのは、私が満足に遊んでやっていないという後ろめたさからくる、自分勝手な妄想だったのではないか。猫は退屈じゃいけないのか。安心して食べて眠れる場所があるだけで、もしかしたら彼らは満足じゃないのか。本当は、買い与えることで自分が満足したかったのではないか。

タワーは、その後、しばらくして近所の保護猫活動をしている団体が引き取ってくれることになり、女性二人が花屋さんの軽トラを借りて家まで取りに来てくれた。私とそのお二人で運び出し、軽トラの荷台に乗せ、タワーは無事に貰われていった。最後はどうにかこうにか一件落着となったが、その、不要となったものの行き場がなかなか見つけられず、ゴミにするにも難しいものを買ってしまったという出来事は私にとって衝撃で、買い物に対する意識を問いただす一件となったのだった。それとは別に、大手運送会社ができなかった（してくれなかった）運搬を女性三人であっさりできてしまったことは、ちょっと痛快だった。

買ったものの責任は基本的に自分でとらねばならないと思う。これだけ生きて来れば、とらねばならない責任の大きさはそれなりにある。ものすごいお宝がない分、気が楽だが、できれば責任は小さいほうがいいので、有形の買い物はこれからもよくよく考えてしまうと思う。買う時よりも手放す時のほうがエネルギーが要るというのは、経験上、自信をもって言えることだ。年を取るにつれ、そのエネルギーを絞り出すのも大変だろう。でも生きているかぎり、ものは増える。そのたびに気持ちが試される取捨選択はずっと続くのだ。もうものは要らない、といいながら、心ときめくものに出会うと心が揺れる。でもその時、それが将来ゴミになることも想像できる自分でありたいと思う。

つまるところ、一生ものとは、自分の体しかないのだ。いろいろなものに取り囲まれていても、結局最後まで一緒にいるのは自分自身。それに気づくと、美味しいものを食べて、ほどほどの刺激に感動して、静かに生きていければいい、猫がおなかを満たして心地よく眠って一生を終えるように、人間も、本当はそれでいいんじゃないの、と晩年が始まっている私は思う。バブル時代もそれなりに楽しかった。高級バッグは、資本至上主義戒《いまし》めの象徴として、今しばらく手元に置いておくかな（本当はまだ捨てられない！　強欲）。

たっぷり生きる

急がないことに決めた。

ある日、駅に向かう坂道を息を切らしながら速足で進む自分に、はたと「なぜにこんなに急ぐ必要が？」と疑問がわいた。誰と約束しているわけでなし、電車を逃したら次の電車に乗ればいいだけの話だ。普段の運動不足を早歩きで帳消しにしようとしている姑息なところもあったが、そもそも、「ながら」ナントカ、というのは、人の気持ちを余計せわしなくするのだった。中には、学生の時、ラジオを聴きながら勉強するほうがはかどる、といった器用な人もいたけれど、私などは未だに音楽を聴きながら外を歩くこともままならない。

正直、肉体的にも、急ぐことは危険なゾーンに入ってきた実感がある。雨が降ってきたので小走りで家路を急げば、マンホールのふたに足を滑らせ大開脚の末転倒、という惨事もあったし、家の中でも、洗った食器を手際良く仕舞う一連の動きの途中で、開いていた食器棚の扉に気づかず額が激突、という悲劇も。どうやら、若い時とは、車幅感覚というか、何かの寸法が微妙にずれてきているらしい。

そもそもなんのために急ぐのだろう。早く用事を済ませて空いた時間をゆっくり過ごしたいから？　とにかくたくさん仕事をこなしてたくさん儲けたいから？　自分のやりたいことをすべて満喫したいから？　理由はきっといろいろだけれど、はっきりした理由もわからず、私たちは急いで毎日を過ごしている。「生き急ぐ」という言葉は、一生が短いものであるかのように休みなく活動して生きることだけれど、実際には、急げば急ぐだけ人生が短くなるような気がする。

別に長生きしたいわけではないけれど、私は心身の安全のためにゆっくり生きることに決めた。一日の予定は詰めこまない。やるべきことをしっかりと。駅への時間もたっぷりと。

相棒と近未来

今私が乗っている車とは、かれこれ十八年来の付き合いになる。

二十歳を過ぎて運転免許をとり、これまで何台か乗り替えてきた歴史の中、さすがに最長の付き合いだ。2ドアで、後ろに人を乗せるのには難儀するけれど、「最新のモデル」というのに特に興味を惹かれないたちだし、私の体の大きさや普段通る道幅を考えれば、他の車に替える理由が見つからない。なにより、特に故障もなく機嫌良く走ってくれているのがありがたい。

といっても、昔より車を運転して出かける機会が断然減った。格別に運転が好きというわけでもないうえに、都心で暮らすのに、電車やバス、徒歩、タクシーでの移動のほうが、身軽でらくちんになってきたのだ。普段体を鍛えることも特にしていないので、日常の徒歩で健康を維持できまいか、という姑息な下心も。となると駅までの十数分間も、貴重な運動の時間だ。さらに乗用車のCO_2排出量の問題も気になるところ。つまり、健康と環境の観点からも、できるだけ歩こう、という志向へシフトしてきたともいえる。それと正直、都心での運転や、出先の駐車場の確保などに神経を使うことに少々疲れてきた、というシニア的な理由もないとはいえない。

シェアリングというものが注目されて久しい。最近、私の町ではシェアリングの電動自転車や電動キックボードで颯爽と公道を駆ける若者をよく見かける。最近の若者は車に乗らず、こんな風に気軽に乗り物を乗りこなしているのだな、と感心するけれど、あんなむき出しの体でかっ飛ばしてゆくのは、ちょっと心配。歩く人、自動車、ママチャリ、シェアリングのかっ飛び若者。さすがに一輪車の子どもは最近見かけないが、今やいろんな移動の仕方が道路で繰り広げられていて、なんだか、ちょっと近未来的な光景だな、と思う今日この頃。

近未来の光景に、十八年来の相棒が走る姿もなかなかオツだけれど、もしかしたら、「お前が最後の車か」という惜別の予感も胸をよぎるのだった。

気持ちのために

体を鍛えるというほど大げさなことではないけれど、月に二度ほど、近所の健康体操の教室に通っている。ジムに通うのは苦手だし、パーソナルトレーニングというのもちょっと気づまりしそうで、今くらいのゆるさと頻度がちょうどいい。といっても、月に二度ぽっきりしか体操しないというわけではなく、準備運動から始めたらトータルで二十分ほどの工程を、基本的に毎朝やっている。そして月に二度、近所の集会所に集まって、先生のもと、型などの確認も含め、みんなで丁寧に体操をするのだ。

大正時代に考案されたというその体操の教室を、初めて見学させていただいた時、集会所には高齢のかたから赤ちゃんを連れてきている人までいて和やかなムードだったが、体操が始まると、みんなで「イチ、ニ、サン、シ」と号令をかけながら、揃って伸びたり捻《ひね》ったりでんぐり返ったりしていた。「ご、号令？」と思ったけれど、実際に参加して合わせて声を出してみるとなんだか気が引きしまった。ゆるいだけではなく、キリッとしたちょっと古式ゆかしいその体操が気に入って、ひとまず教室に通うことにしたのだった。

体操を始めたのは、やはり健康でいたいから。五十を過ぎてもろくに運動をしていなかったので、体も硬くなっていたし、膝の古傷もときどき痛んだ。このまま何もしないでいたら、体がゴチゴチになるのは時間の問題。病気になるのはできれば避けたいし、散歩や旅行ができなくなってしまうのもサビシイ。若い頃は、中高年のかたがこぞってジムに通ったり歩いたり走ったりして鍛えている意味がよくわからなかったが、自分がまさに中高年となった今、運動せずにはいられない心情がよくわかる。いつかはお迎えが来るけれど、これからますます長生きの世の中になりそうだし、生きているうちは元気でいたい、という素直な本能なのかもしれない。

健康といえば、食べ物もそう。子どもの頃は、健康のため、好き嫌いなくなんでも食べるようにもいわれた。母親はやや健康オタク的なところがあって、料理を前にやれカルシウムだ、鉄分だ、といちいちその食材の栄養素を解説するのが、子どもながらにウザいと思っていた。しかしウザいと思いながらも知らず知らずのうちに、健康=なんでも食べる、という図式がまんまとすり込まれた。できるだけたくさんの品目を食べるとか、糖分や塩分、油分に気を配るなど、美味しいことよりも、体にいいことのほうが大事なことのようにいわれて育った。大人になった今から思えば、好き嫌いなくなんでも食べられるのは、結果的に、美味しいものを受け入れる下地が鍛えられた気がして感謝しているが、近頃、健康=なんでも食べる、という図式にやや疑問を感じている。

というのも、このところ世の中に展開されている食べ物に対するさまざまな主義や思想は、「それ、偏ってるよね」というものでも、そのどれもがその人なりの幸福や健康を目指しているわけで、実際、幸福で健康に暮らしているからだ。宗教上の理由から、特定の動物は食べないという人たちがいるのは知っていたけれど、野菜しか食べない、肉しか食べない、木の実しか食べない、果ては水だけ（それと宇宙のエネルギー）で健康に生きている人もいるとか。そんな大げさなところでなくとも、身近には好き嫌いを通し続けて健康に長生きしているおじいちゃんおばあちゃんもいるし、自分の子どもには、子ども自身が食べたいと思うものを尊重する、というお母さんもいる。なんでも好き嫌いなく、ある意味こだわりを持たずに食べ物をとるのと、自分のこだわりを貫いて食べたいものを食べるのとでは、後者のほうが吸収できる食べ物のパワーが強い気がする。主義や思想を貫いて続ける食生活が、ずっと先の将来、体にどんな結果をもたらすかは計り知れないところだが、見たところは、好き嫌いなくなんでも食べる人と、格段の違いは感じられない。

健康の実現は、どうやらなんでもかんでも食べればいいということでもないらしい。最近胃腸が弱くなってきたのと反比例してズボラが増長してきた私は、そんなに躍起になっていろいろ食べなくてもいいんじゃないか、という気になりつつある。ひとまず冷蔵庫にあるものを片づける。「え、こんな質素で大丈夫か」と思う日もあるけれど、それが一生続くわけでもなし。一日一度、なんとなくバランスの良い食事をしたら、後は適当にすませる。丸一日サビシイ食事だったら、次の日に取り戻す。この「大雑把バランス計画」は胃にも精神的にも負担がなく、なんとなくいいような気がする。

不思議なことに、若い頃のほうが、身体を鍛えることや、健康や美容にいいと言われるサプリメントや食事、美容器具や健康器具を信じていた。若い頃なんて、普通にしているだけで十分健康で美しいはずなのにだ。当時は当時で、未知なる不調や老いに漠然と不安を感じていたのだろう。だがとてもいいという評判の化粧品も、効果を信じて飲んでいたサプリメントも、いつのまにかやめてしまった。だからといって、別段変化が生じたこともなかった気がする。四十代になって、婦人科系の疾患や冷え性改善のため漢方薬のお世話になった。患者の様子をみながら処方してくれる漢方は気持ち的にも安心感があって、それ以来、困った時はまず漢方を頼りにしている。

二十代、三十代、四十代、五十代、その年代なりにそこそこ体調にまつわる問題に直面しつつも、特に大きな病気もせずに今に至っているのは、なによりありがたいことだと思う。最後に健康診断をうけたのはいつだったか記憶がさだかでないが、もしかしたら、そろそろ数値的にはどこかに問題が発生しているかもしれない。でも、無謀な食生活や過激な私生活を送っているわけでもないところにきて、今、何か体に問題が生じているのなら、もう、それは体質とか年齢とか、自然現象、運命なのだな、と納得しなくてはならない気がしている。それを受け入れて、改善なり、お付き合いなりしていかねばならないのだろう。

いくら健康に気をつけて運動をして栄養に気をつけても、年は取るし、病気にもなる。今、おかげさまで元気で平穏に過ごしている日々は、もっともっと年を取った時「夢のようだったわねえ」などと思うのだろうか。そんな夢を長く続けたくて、運動したり、栄養をとったりしているのかもしれない。運動しないよりはしたほうがいい。栄養も大事。でも、なんのため?と考えた時、結局は気持ちのためなのかなあ、などと考えたりする。運動をすること、食事にこだわることで、確かに気持ちは安心する。

月にたった二度の体操教室も、体操をやったぞという充実感と、お元気なセンパイがたにお目にかかれたという愉悦感で気持ちが元気になる。五年も続けていることも、気持ちにとっては大きい自信になっているだろう。冷蔵庫のものを無駄なく片づけられた満足感。体の不調を漢方の先生に明るく笑い飛ばされる安心感。健やかとは、気持ちと体と、両方あってのことだよなあ、とつくづく実感する日々だ。

心拍数の問題

哺乳類の一生の心拍数は、体の大きさに関係なくおおかた二十億回くらいらしい。体が大きいほどゆっくり、小さいほど速く打つそうだ。回数が決まっているというのは、要するにあらかじめ余命を言い渡されているようなものだが、どうせなら上手にその回数をやりくりして死んでいきたいと思う。長生きしたいなら、心拍が速まるようなことはなるべくしないで静かに暮らすのがいいのだろうか。逆に心拍が速まることが多いと、生き急ぐことになるのか。ジョギングを続けている人のほうが、ダラダラ暮らしている人より短命というのは聞いたことがないけれど、そのへんはどうなっているのだろう。

心拍数を速く消化している印象があるのは、やはりスポーツをしている人だ。サッカーやラグビーなどは、試合の間じゅう走り回っている。走り続けるといえばマラソンも。バスケットボールやテニスなどもずっと走っている印象だ。水泳だってかなり心拍数が上がりそう。気になって、インターネットで調べてみると、新聞のウェブ記事に「スポーツをやる習慣のある人のほうが、ない人より平均余命が長い」というアメリカとデンマークの研究チームの結果が報告されていた。平均余命がもっとも長かった種目はテニス、次いでバドミントン、以下、サッカー、サイクリング、水泳、ジョギング、体操、と続く。つまり運動することが早死にすることにはならなかった。心拍は一時的に速くなるとはいえ、やはり適度な運動は健康にはいいようだ。体のさまざまな筋肉や臓器も心拍に連動して活性化するのだろう。

ならば、俳優はどうだ。俳優こそきわめて不自然に心拍数を消耗する職業だと思う。めっちゃくちゃ走り回って心拍数が上がるのは、体と心臓が正しく連携している証である。しかし俳優は、ゆったりとリラックスの極みの芝居をしながらも、心臓のほうはめちゃくちゃ走り回っているのと同じくらいバクバクしている。つまり緊張しているのだ。心臓の鼓動を運動で発散させることなく、無理して抑え込んでいるといっていいだろう。これは体に良いとは絶対にいえない。何十年もこの仕事をしていれば、こういった緊張をコントロールできる局面もなくはないが、私にとってどうにもコントロール不能なのが、舞台の世界だ。

テレビや映画の現場は、撮影中に視界に入るものと言えば、セット内の景色、共演者、スタッフたちで、関わる世界にそれなりに実感がある。CG画面と合成される場合でも、そのプロセスは作業として納得できる。視聴者もいない。それになんといってもテレビや映画は、より良いシーンを目指すがゆえのNG、というものがある。つまり「やり直し」がある。そして監督の「OK」の声がかかればそのシーンはおしまい、緊張からしばし解放され、次のシーンの撮影へと現場は進んでいくのだ。

いっぽう舞台はといえば、まず毎日全力投球の稽古をひと月ほど重ね、いざ本番の幕があがれば二時間余りの物語を途切れることなく演じ続けなければならない。おまけに舞台正面の暗闇の中からこちらを観据えている人たちの気配をひしひしと感じる。それは映像の現場とは違った、「とりかえしのつかない時間」であり、「後戻りできない時間」であり、「間違ってはいけない時間」だ。それが毎日毎日千穐楽まで続くのだ。あー怖ろしい。一番怖ろしいのが、「間違ってはいけない」ことかもしれない。言いかえれば、「失敗してはいけない」ことか。たいていのことは、にんげんだもの、間違ってもしかたないよね、と思う。でも、舞台の上の世界では間違ってはいけないのだ。あんなに稽古したんだもの、間違えるはずがない。と自分に言い聞かせても、舞台袖で出番を待つ私の心臓は明らかに、早死にモードのフルスロットルに。「間違えたくないなんて、負のイメージがあるから緊張するんだ」、と「いいじゃんいいじゃん、間違えたってぇ、死ぬわけじゃなしぃ〜」などと心の中で戯《ざ》れ歌を作ってみても、余計に集中がとぎれ、かえって焦る。

人はなぜに緊張するのだろう。やっぱり失敗が怖いからじゃないだろうか。失敗は、いろんな絶望を生む。自分に絶望したくないし、人にも絶望されたくない。ようするにええカッコしたいのだな。褒められたいし。野生動物の緊張は、それこそ死ぬか生きるかの緊張だ。それにくらべたら、ええカッコしたい緊張は、ずいぶん生ぬるい。それでも、怖いものを目の前にした時の緊張は生きものの本能だ。いちど、舞台をたくさんやっている俳優さんに開演前の緊張について質問したところ、そのかたも緊張はするけれど「ジェットコースターがてっぺんまで登りきって、これから急降下が始まる、みたいな」緊張感らしい。もちろん「うぇ〜い！」と両手を離してキャッキャするほうの急降下だ。この緊張感は武者震い、というジャンルだろう。私もジェットコースターは好きだけれど、とても舞台袖の緊張に重ねることはできない。

とはいえ、日本人の平均寿命が長いのは、職業にムラなく、だれもが人生それぞれ、いろんな局面で、ほぼ同じくらいの量の緊張をしているということかもしれない。考えてみれば、私の舞台袖の緊張も、四年に一度あるかないかという分量だ（間が空きすぎて余計に慣れずに緊張するという悪循環）。毎週プレゼンをする会社勤めの人のほうが緊張の頻度が高そう。

自分が長生きしたいんだかそうでないんだか、今時点ではっきりしていないのだが、そればかりは神様の采配。心拍数の心配はあまりしないで、できるかぎりのびのびと生きてゆこうではないか。

ふたつの世界

電話は携帯するものになった。携帯電話が世の中に登場した時、そんなにみんな四六時中電話したいのか、とちょっと否定的だったけれど、今ではすっかり私の生活においても必需品に。通話のみならず、メール、調べもの、ニュース、音楽、撮影etc.、携帯電話はもはや異次元につながる玉手箱のようだ。電話とはいえ、電話の機能が一番おまけのようである。

「習うより慣れよ」とはよくいったもので、今のところ携帯電話は不自由なく使えている。パソコンのほうも然り。それはおそらく、単に自分の生活領域内で不便を感じない程度に活用できているということであって、必要とやる気があれば、もっといろいろなことができるのだろう。たまにいじったことのないところに触れて、見たことのない画面になったりすると、さすがに一瞬たじろぐが、慌てずその画面を閉じ、なかったことにすればいい。今までその機能に気づかずともなんの問題もなく生きてこられたのだから。

少々厄介なのは、私のパソコンに送られてくるメールの七割がいわゆるインチキメールというところだ。通販サイトやカード会社を装って、いかにもそれらしいメールをよこす。「お客様のアカウントを停止しました」。停止してくれて全然結構。「お支払い状況をご確認ください」。しません。友人にその話をしたら、サーバーによってはまったくそういったメールが来ない、という話を聞いた。私のメールサーバーがおおらかなのだろうか。もちろん迷惑メールをはじくソフトを利用したり、あらためて受信拒否設定をしたりするが、それらのメールは姿かたちを変え、自動的にどこかから勝手に送られてくる。いたちごっこなので、気を揉むだけ損なのはわかっている。とはいえそういうメールがファイルに溜まっていくのも嫌なので、まめに一括削除する。家の他に、電脳のお部屋も掃除が必要なのだった。

ちんけなインチキメールについてブツブツ文句を言っていること自体が、いかにも前世紀の人間だな、と思う。平和だ。インチキメールなどまだかわいげがある。今やデジタルなくしては世界がまわっていかないことになっているし、国や企業をサイバー攻撃によって滅ぼすことも可能な世の中なのだ。ドカンと一発なのか、じわじわ攻撃なのか具体的な方法はわからないけれど、いろいろあるのでしょう。おそろしいことだ。

だが、おそろしいばかりではないのはご承知のとおり。デジタルでサイバーな世界は、楽しくて便利なこともたくさんある。買い物はもちろんのこと、インスタグラムの投稿を見たり、ユーチューブで昔の落語を聴いたり、遠く離れた同級生たちとラインで電話で盛り上がる。ズームでヨガもやるし、マンションの理事会もチームズだ。電車に揺られながらキンドルで読書する時もある。私の活用範囲はまあそのくらいのものだが、今のところもったいないくらい十分だ。楽しくて便利な分、気がつくと、こんなに時間が経っていた、ということもある。携帯電話もパソコンもあまり集中して見ていると、目も頭も疲れるので体には良くないのだ。そこが問題だ。電車の中を見回すと、九割の人が携帯電話をいじっている。しかし見るからに疲れている人とお年寄りの多くは、目をとじてじっとしている。体が受けつけない人は、ちゃんと休んでいるのだ。体はわかっている。

若い時に比べて、家で音楽を聴いたり、ラジオやテレビの賑やかなおしゃべりを楽しむ時間が大幅に減った。日中はほぼ無音の生活だ。聞こえてくるのは、時計の秒針。加湿器と空気清浄機の作動している音。ときどきパトカーのサイレン。ヘリコプターが飛んでゆく音。お隣がベランダに出てきた音。フライパンが五徳にのっかる音、お皿と茶碗のぶつかる音、掃除機に吸われていくゴミの音、部屋を歩きまわる時の自分の足音。家の中にもいろいろ音がある。そんな身の回りの音で、満ち足りている。音楽やラジオやテレビはちゃんと楽しみたいので、その時間をつくる。録画したり、配信サービスで後から観たり聴いたりすることもある。これまた便利な世の中である。

晩ご飯を終えてからのひととき、テレビを前に録画していた番組を楽しむ。疲れている時は、自然や動物たちのドキュメンタリーで癒され、元気な時は、少々ヘビーな内容のドラマや映画を。何も観たくない時は、シーンとした夜を過ごす。本を読んだり、静かに音楽を聴くのもいい。友人とのラインのやりとりで、過ぎてゆく夜もある。いずれにしても、何がしたいのか、体はわかっている。

デジタルでサイバーな世界はよくいえば便利、わるくいえばおせっかいで、ちょっと覗けば世の中のいろいろなウソやホントがたくさん用意されている。国内外のニュースのヘッドラインくらいはテレビや新聞を見なくともわかるし、世の中の流行だって頼まなくとも教えてくれる。「あなたはこんな記事がお好きでしょ?」と興味のそそられる見出しが目白押しだ。いちど、「真似したい！　もたいまさこさんの私服」という見出しがでてきたので、へー、どんな?とそのページを訪ねてみた。ところがどの画像も私服ではないもたいさんで、そこにいちいち「こんな着こなし、さすがお洒落です」といったコメントがつけられていた。結構な数の画像だった。さらに途中からもたいさんではなく、眼鏡をかけた、もたいさんふうの女性の画像になっていた。にもかかわらず、もたいさんとしてのコメントがつけられ続けていた。とんでもないインチキ記事で笑った。笑ってすませることができるレベルなら、まだいい。インチキでも、まして真実だったとしても、その記事を目にして深く傷つく人がいるかもしれないのが、デジタルでサイバーな世界だ。インスタグラムに投稿された美しい空に感動する。でも、目の前には本当の空が広がっている。どちらも、存在する世界で、私たちは両方を生きているのだ。

デジタルでサイバーの、いろんな機能に気づかずともこれまで生きてこられたことを、ことあるごとに思い出し、自信をもって生きていこうと思う。

新陳代謝

東京の景色がどんどん変わっている。

私の住む町も駅のまわりがものすごいことになってきた。山の手の下町みたいな、のどかで雑多でいい感じだった町に、新しい店や通りが次々とできて、なんだか令和的な雰囲気に。老朽化した建物は、そのままだと危険だったりするから、取り壊して建て直さなくてはならないのは仕方ないけれど、目や肌に馴染んだ景色がある日突然なくなっているのを発見するのは、驚くのと同時に、さびしいものである。

銀座のソニービルがなくなった時も、表参道の交差点にずっとあった布団屋さんおよびアンデルセンがなくなっていたのを発見した時も、驚いたし、さびしかった。ソニービルの跡地は、不思議な植物広場とカフェになり、銀座のど真ん中に空まで抜ける広々とした空間ができていた。なんだかとても贅沢な空間だった。しかしきっと、そのうちまたそこにすごいビルが建つのだろう。表参道の布団屋ならびにアンデルセン跡地は、高級宝飾店カルティエの広告らしきものでぐるりと囲われていた。かなり大きな敷地だ。あそこにカルティエができるのか。世界的に景気がどうの、環境がこうの、と不安を煽るニュースが飛び交う中、そういう流れとは関係なく、発展の一途をたどるかのような人たちも相変わらず存在しているのだ。そんなふうに変わっていく街の景色をワクワクしながら眺めていた若い頃と違って、さびしさを感じたり、ちょっと心配になったりするのは人間の自然な老化現象なのか。

つまりは、新陳代謝だ。古いままで置いておけないこともないけど、新しくしたほうが、お金や人などが動いて活気が湧いてくる、ということなのだろう。確かに新しいものの新鮮なエネルギーは、それに触れるこちらにもそのエネルギーが伝染する。持ちものにしても、新しいものは自分になじむ前の、そのものの持つエネルギーがある。使い始めはお互いに緊張感があって、その緊張感が気持ちを活性化してくれる気がする。そうして使っているうちにその存在があたりまえになって、そのうちすっかりなあなあな関係に。手になじみ体になじんだものは、いつのまにかうすら古ぼけて、それがまたいいんだよなあ、とより愛着を増すものもあるし、やっぱりビンボーくさいから新しいのにしよう、とお別れすることもある。いずれにせよ、遅かれ早かれ、お別れの時はくる。新陳代謝、諸行無常だ。

生きもののほうでも、新陳代謝は日常的におこなわれている。科学的にみても赤ちゃんの新陳代謝のスピードがすごいのはご存じの通り。朝顔の蔓が一日でこんなに、という驚きとおなじくらい赤ちゃんは一日で成長する。人間の赤ちゃんは育てたことはないが、犬と猫の赤ちゃんでもそう思った。毎日ものすごい勢いで新しい細胞と古い細胞が入れ替わっているのだ。そして成長するにつれ、代謝のスピードはだんだんとのんびりしてきて、かなりな成長をとげると、まあ、もういっか、となって命を終える。不思議なことに、代謝が活発な子どもの頃のほうが時間の流れがゆったりしていて、代謝が滞っていくのと反比例して時間の流れが速く感じるようになる。これはどういうことなのか。とにかく大人になると、あっという間に一日が終わる。ついこの間新年を迎えたと思ったのに、気がつくと今年もあと半分、なんていうのは毎年のこと。まるでタイムマシンでどんどん未来に連れていってもらっているかのようだ。

そんなだから、よろこんで手に入れた新品だって、あっという間に年季がはいったものになっている。いつかゆっくり読もうと思って買った本を、ついこの間開いてみたら、ページのふちがうっすら黄ばんでいたのには驚いた。考えたら、その本を買ったのは、二十年以上前だった。気に入ってよく巻いていた、いろんな赤ちゃん（人間）の顔がプリントされたシルクのスカーフを、何かにリメイクして使いたいと思い、引き出しとは別のところに保管していて、整理のたびに手にしては「やっぱりかわいいな。何にリメイクする？」と考えては「ま、あとで」とまたしまう、というのも、いったい何十年繰り返していることだろう。とにかく大人の住まいには、そんなものが溢れている。本にしろ、着るものにしろ、家具にしろ、雑貨もろもろ、代謝は滞りまくっている。よく「おばあちゃんの家の匂い」とか、「実家の匂い」とかいう形容があるけれど、それらは、タイムマシンにのってやってきた愛しきものたちの匂いなのだ。

ものを大事にすることは、今や世界中の美徳と常識になった。なんでもポイポイ捨てない。使い切る。そう心がけていると、使い切るって結構難しいのだった。服だって破けるまで着るのはかなり大変だし、家具はそうそう壊れないし、おたまやスプーンはほぼ永久に健在だし、ビニール袋だって紙切れだって、再利用しようと思えば結構使い出がある。ものを大事に、使い切って、とやっていると、結局、全体的にくたびれたものに囲まれてしまいがちな生活になるのだった。いったいどこを最後にすればいいのか。いろいろ悩むところだが、結局のところは「清潔感」なのかな、と思ったりする。気持ち悪く使っていたら、生活の質そのものが残念なことになりそう。

考えてみれば、かの伊勢神宮も二十年に一度、神殿を新調する。建物どころか、それにまつわる調度品から着物を紡ぐ糸からなにから、すべて新しくするのだ。技術の伝承や地域の活性の意味ももちろんあるだろうが、やはり、新しいもののエネルギーを信じてきた日本人の文化なのだなあと思う。千三百年続いているそんな伝統の中の二十年に一度って、考えてみると、結構頻繁。神様の価値観としては、二十年が替え時、穢れをはらう時ということか。とすれば、おそらく穢れをまとっているであろう、二十年以上使っているものなんて身の回りにたくさんある。確かにそのあたりから例の匂いがしてくるような。

パリっとした新品は気持ちがいい。変わり続ける町の景色も、エネルギーが循環している証拠だ。これからますます変化を受け入れにくくなるお年頃へむかっているが、たまにそんなエネルギーにショックをもらいつつ、自分の体を含め、いろいろ代謝を促していかねばなと。うかうかしていたら、あっという間に未来に連れていかれてしまう。

十年という未来

三十二インチのテレビは、やはり小さかった。

この先十年、この小さいテレビを見続けるのかと思うと、もう少し大きくてもよかったのかも、と気持ちにブレが。この次は今回の反動で大画面のテレビを買っているかもしれない。そしてきっとその頃にはまた新しいしくみのテレビが登場しているのだろう。実際少し前のテレビ番組で、開発中だという、ビニールシートのようにくるくると丸められる薄いテレビを紹介していた。ブラウン管から始まって、液晶、プラズマ、有機EL、4K、8Kと進化し続けるテレビ。とにかく世の中十年もあれば、いろいろなものがどんどん進化するのだ。そのスピードは言わずもがなの速さ。

人間のほうの進化は「老化」ともいうが、こちらも年々スピードが増してくる体感が深まるばかりだ。

十年間有効のパスポートの期限が切れた。ついこの間作ったはずなのになあ、などとブツブツいいながら、いつでも海外旅行ができるようにと、都庁のパスポートセンターへ更新に行ってきた。ついでに都庁の職員食堂で昼ごはんも食べてきた。次の更新は六十代半ばすぎだ。その時もこの調子であっという間にやって来るのだろう。六十代半ばといえば体力的にはまだ海外旅行ができるはず。だがその次の更新の時はどうだろう。と考えるとあと二冊ほどのパスポートで、私の海外への旅も終わりということになりそう。人生の残り時間がシビアに提示された気分だ。

シビアといえば、パスポートの証明写真がある。毎回新しくなるたびに「これ、十年使うのか」とちょっと悲しくなる。そして十年後、新たに証明写真を撮ると、酷いと思っていた旧パスポートの写真がまだマシに見えるのがまた悲しい。若い頃は十年先というのがとてつもない未来のような気がしていた。十年も同じ証明写真を使うなんて、なんだか軽い詐欺のようで心地悪かった。顔なんか絶対変わってるし、と。ところが三十代半ばくらいになると、あっという間に五年がやってくるようになって、十年はそんなに先にあるものではないのだということに気づく。そんなに先ではないはずなのに、証明写真は、律儀に十年という時間を証明している。

手元にあるパスポートは、新しいものを入れて七冊になった。それらの証明写真を並べてみる。あたりまえにだんだん年を取っている。初めてパスポートを作ったのは十八歳の冬。高校の卒業旅行に友人と二人、バックパックでヨーロッパに出かけるためだった。近所の写真館で撮った白黒の証明写真の私は、当時流行りの聖子ちゃんカットで、やや緊張の面持ち。その初めてのパスポートには、五年の有効期間に七回、出入国のスタンプを押してもらった。それからは、ソバージュヘア、ベリーショート、ショートボブなど、いろいろな髪型でいろいろなところを旅した。そんな四十年間の旅の匂いがこれらのパスポートにしみているようだ。しかし四十年が七冊におさまっていると考えると、これまでいろいろなことがあったつもりの人生だったけれど、そんなにたいしたことはなかったのかも、という気もしてくる。なにしろたった七冊というシンプルさだ。むしろ今、無事に生きているだけでも大したことだ、と感謝の気持ちさえうまれてくる。とにかく、旅先で撮ったたくさんの写真とは別に、パスポートの証明写真は、私というニンゲンの時間の旅を見るようで面白い。

連続ものの証明写真には、もうひとつ、運転免許証がある。二十二歳で取得してからほぼ三年ごとに更新しているので、こちらはより定点観測感が増す。すべて並べてみると、ちょっとしたパラパラ漫画だ。当時は、やはり「この写真で次の更新まで運転するのか」と新しい免許証を見ていつもがっかりしたものだが、今見ると、どの子(自分だが)も若くてそれなりにまあいいじゃないの、と応援したくなる。ショボい表情だったり、自信満々なドヤ顔だったり、色気づいた雰囲気だったり、どうでもいいやと開き直った顔だったり、その時何があったのかは忘れたけれど、何かはあったのだろう、と思わせる変遷だ。中には整形手術はしていないが疑惑をかけられてもおかしくない変化を遂げている時期も。化粧を真面目にやればそれなりの結果がでるという立証だ。今の運転免許証は「かなりお疲れですか」という感じの証明写真だが、そのうちすぐに「若かったわねー」と振り返ることになるのだろう。

いろいろなことを振り返る暇もないほどに、未来が加速していると感じるこの頃。もうその未来に乗っていくしかないのだ。そんな加速していく時間を生きながら、ときどき思い出したように昔の自分の顔を並べて、むふふと楽しむのは、ナルシストとはいわないだろう。十年ごとのいろいろな更新もあと二、三回。手元の証明写真の数も少し増えて、そのうち完結となる。そしてそれらを並べてしみじみと面白がっている私が、きっといるのだ。

ハロー、頭蓋骨

ピアノ教室に通いだしてからというもの、次から次へと立ちはだかる壁（練習曲）に、そのつど体の要らぬ部分に力が入るのだろう、いつからか右の首から肩甲骨にかけての筋が慢性的な痛みに見舞われるようになり、整形外科でレントゲン写真を撮った。

その写真を見ながら、先生が説明をしてくださる。そして私は、そこで生まれて初めて自分の頭蓋骨と対面したのだった。ほおー。これが私の面の皮の中身なのか。結構歯が出ている。そしてやっぱりどっしりしている。「将来自分が死んだら、焼き場でこの骨を皆さんに見ていただくことになるのね」と、しみじみ見入った。先生の話より頭蓋骨の写真に夢中だった。

骨といえば、印象的だったのは飼い猫の骨だ。お別れをした後、動物霊園併設の火葬場で焼いていただいたのだが、霊園の職員のかたがたの、手厚い業務の遂行にも感心感謝したけれど、一番驚いたのは、その職員さんが、もはや骨となった我が猫のパーツひとつひとつをピンセットでつまみあげ、ステンレスのバットに、頭から尻尾まできれいに並べ、亡き猫の骨格を見事再現して見せてくださったことだ。やわらかな被毛をすべて除いた猫の頭蓋骨は、あの丸顔からは想像がつかないほど面長で、体軀はシュッと細長く、まるで小さな恐竜のようだった。生まれつき折れていた尻尾の先っぽもそのままの形だった。感触が蘇る。骨になっても愛しい。その恐竜のような骨格と職員さんの鮮やかな手際にひとしきり感心した後は、骨をざっとまとめて壺におさめ、一番上に小さな頭蓋骨をのせ、蓋をした。

かつての猫たちの骨は壺から出して土に埋葬した。土に戻って、地球上の何かに再生してくれればいいと、とくに墓標は立てなかった。私も、自分の頭蓋骨と対面して、自分の骨の行く末をぼんやり考える。しかし、骨の行く末よりも、まずは、筋を痛めないピアノの弾き方を習得するのが先決といえるだろう。

どこ行く道

まだ肌寒い日が続くけれど、今時分から散歩が断然楽しくなってくる。東京はそろそろ桜が咲く時期だし、眠っていた草花たちがどんどん目覚めだして、日に日に豊かな景色を繰り広げてくれるからだ。

近所に、東西にずいぶん長く続く遊歩道がある。この遊歩道は小川のような水路に沿っていて、季節ごとに楽しめるよう植物たちもよく考えて植えられている。東に進めば華やかな花々が、西に進めば桜並木が。東京の町中ゆえに人家の間をぬって続いており、おそらく昔、遊歩道沿いの家の人が勝手に植樹したに違いない金柑や梅、枇杷、巨大化した南国風観葉植物ゾーンもあって、そんな緩さもいい味になっている。

東西どちらに進むのも気持ちがハレバレするが、この時期私が好きなのは、東に進むルートだ。優しいせせらぎを聴きながら巨大南国風観葉植物ゾーンを抜け緩やかに左にカーブした先に広がるのは、まさに極楽浄土さながらのお花畑。いろいろな種類の花が時期をずらして次から次へと咲くように計算されていて、数日、間をおいて出かけると、また新しい景色になっている。ぽかぽか暖かな日には、花々の間の水路を水鳥が泳いだり、白鷺《しらさぎ》が水底をつついて歩いたり、去年よりひと回り大きくなった鯉がちゃぽんと跳ねたりする。ジョギングする人、子ども連れの人、ベンチで話し込むおばあちゃんたち。スーツ姿の人の足取りも、その極楽浄土ゾーンでは少し緩やかだ。

どこまでも続いて欲しいお花畑は、大きな幹線道路にぶつかって突然おしまいになる。夥《おびただ》しい量の自動車がひっきりなしに往き来している。今歩いてきたお花の世界と目の前の自動車びゅんびゅんの世界。そのギャップが私たちの日常を象徴しているようで面白い。どちらを向いても現実の世界。ならば私は踵《きびす》を返し、お花の世界を歩いて帰ろう。

もろもろのおわび

俳優をこんなに長く続けているとは思わなかった。十代の私は、未来にはまだまだ余白があって、いつでも、どこからでも新しいことを始められると思っていた。つまり、俳優という仕事は、たまたま始めただけで、辞めようと思ったらいつでも辞められる、とそんなに深刻ではなかった。だから、俳優としての将来につなげていくための処世のほうはまったく頓着がなく、これまでずいぶん失礼なことをいろいろな人にしてきたのではないかと、いささか反省している。往年の大俳優さんのことを存じ上げずに失礼な物言いをしたり、苦手だなと思う人をあからさまに避けたり、ドラマのスケジュールを管理しているスタッフに香盤表（当日の進行表）について意見したり、その他もろもろ、今思えば一体何様のつもりだ。さらにプロデューサーやディレクターは、十代の自分からしたら理解不能な大人だし、私のような子どもがどうこう関わるものではないのだ、と勝手に距離を置いて、しれっとしていた。子どもが考えたなりに失礼のないご挨拶はちゃんとしていたはずだが、「今後とも是非お見知りおきを！」という可愛げはなかったと思う。三つ子の魂というか、今に至るまでとうとう可愛げは芽生えなかった。

そんな生半可な気持ちで始めたものの、決してつまらないわけではなかった。毎回、自分の前に突き付けられる挑戦状のような仕事と、そこに至らない自分が情けなくて、いつも「次はもっとマシに」と取り組んでいたら、こんなに続いていた。端から見るほど華やかな仕事ではないし、自分の弱さや傲慢さをいつも突き付けられる怖い仕事だ。でも、たくさんのスタッフのいる現場は、どこか不思議な穴倉にいるような安心感があって、「没自分」状態でいられる心地よい瞬間がままある。そしてそこから、「はい、この綱、渡ってきなさい」とカメラの前に立たされるのだ。安心と恐怖がかわるがわるにやってくる、心臓に悪い仕事だ。

とにかく長く仕事をしていると、以前一緒に仕事をしたことのあるかたに何十年ぶりかで再会することがある。三十年、四十年前に一度だけご一緒したかたを覚えているか否かという問題。これにはいつも慎重になる。「はじめまして」と挨拶すると「いやあ、実は○○で一度……」などと言われる。せめて当時と同じパートの仕事をされているかただったら、マイクを持つ姿や、カメラを構える姿に見覚えがある可能性もある。だが新入社員で助監督の一番新米だったかたが、何十年後かにパリッとしたプロデューサーになって突然現れたりする。これは、ほぼ反則だろう。つい最近まさにそんな再会があった。まったく記憶になくて、ご挨拶に冗談を交えて「そうでしたかあ。私、生意気じゃなかったですか」と聞いたら、あちらも冗談含みに「ははは、ま、そこそこ」とのたまった。これには少なからず驚いた。確かに愛想はない自覚はあった。とはいえ、いつもいっぱいいっぱいで余裕のない不慣な振る舞いが、生意気ととられることもあったのだなあ、と。自分の知らないところで、思いがけない記憶をよそさまに刻んでいるというのは、生きているかぎり、ままあるということだ。

小学生の頃からの友人から「こんなの出てきたよ」とラインで画像が送られてきた。それは小学校の卒業アルバムで、表紙は手描きのイラストをコーティングしたものだった。その絵は卵型の体型の垂れ耳の犬が立つその後ろから、同じ体型の犬がひょっこり上半身をのぞかせるポーズをしていて、裏表紙は、その犬と同じポーズの卵型体型の猫が二匹。犬猫とも自由な色使いで、スペースいっぱいにのびのび描かれている。まったく記憶にないのだが、それを私が描いたというのだ。なにやら当時学校で、友達と組んで手描きの表紙の卒業アルバムを交換し合うという取り組みがあったそうだ。ということは彼女が描いたものは私が持っているはずなのだが、行方不明なのが申し訳ない。まったく覚えていないそのアルバムの表紙の絵は、幸福感に溢れていて、当時の自分はとても楽しく小学生をやっていたことが想像できる。友人は「面白いものがまだあるから会おうよ」というので、ランチがてら会うことになった。

友人が持ってきたのは、現物の卒業アルバムと、卒業文集。手書き文字をそのまま印刷した文集は、ページがほぼ橙《だいだい》色に変色している。驚いたことに当時の私の書き文字は今とほとんど変わっていないではないか。進化がないというかすでに完結していたというか……。その文集では私の将来の夢は「世界を飛び回るカメラマン」ということだった。自分でいうのもなんだが、とてもしっかりした作文だった。さらに

「こんなの覚えてる？」と友人が差し出したのは、その友人と私とで作詞作曲したクラスのテーマソングの楽譜だった。これに関してもまったく忘れていたが、歌詞を見たとたんに、曲がよみがえってきた。ピアノを習っていた友人が伴奏して、クラス全員で合唱した。これまた自分でいうのもなんだが、とてもいい歌だった。絵や作文や音楽などを楽しんで、かなり満喫していた小学六年生の自分がまぶしかった。自分のピークは小学六年生だったようだ。

卒業アルバムを手に取って、四十五年前の自分が描いたという表紙絵にしみじみ感心したあと、ページを開くと、白黒写真なのに驚いた。自分の中ではカラーのはずだった。先生がたの集合写真の古めかしさに四十五年という年月がしみいる。ファッションも髪型もすごい。そしてどの先生の顔も覚えていた。さらにクラスの子らはもちろん、ほかのクラスのどの子も見覚えがあって、名前を確認しては「わ、そうそう、ヤマジくん！」などと盛り上がった。だが、昔の記憶が解凍されていくにつれ、なぜかどこかモヤモヤしてきた。そうして写真の中の、ある女子を見つけて、はっ、とした。みんなに馴染めなくて孤立しがちなおとなしい子だ。男子にからかわれたり、女子たちにもあまり相手にされず、ときどき静かに泣いていることもあった。そんな彼女に対して、自分もみんなと同じように振る舞っていたことを思い出したのだった。卒業後もときどきそんな自分と彼女を思い出して、心のどこかがヒリヒリすることがあったが、いつの頃からか、遠い昔のこととして記憶の奥の奥へしまい込んでしまった。彼女は、その当時のことをどう思って過ごしてきたのだろうか。今、平穏に暮らしているだろうか。彼女があらわれて、「あの時はどうも」なんていわれたら、自分は崩壊するかもしれない。小学六年生の自分の、光と闇だった。

忘れていることがたくさんある。忘れたいこともたくさんある。ただ、ひと知れず傷つけてしまったたくさんの人たちに、ごめんなさい、といいたい。そしてこれからもひと知れず人を傷つけて生きていくのかな、とちょっと緊張した。

あとがき

五十代半ばの「日々考えていること、実践していること、暮らしの楽しみ」をテーマに、ということで書き始めた本書。張り切って、まじめに書き始めたけれど、いざ机に向かってみて改めて痛感したのは、日々たいしたことは考えておらず（晩御飯つくるの面倒だなetc.）、実践というほど際立った事柄もなく（踵にクリーム塗るetc.）、暮らしの楽しみを見つけるのも努力が必要だという現実だった（今日も誰とも口をきいてないetc.）。

五十年も生きていれば、そこそこの体験もしてきて、ちょっとやそっとの出来事ではもう驚かない。自分の居心地の良いポジションもわかっている。できれば、「いつも新鮮な驚きをもって、常に古い殻を破って、いつまでも生き生きと」というようなキラキラした内容をご提供したかったが、結局はいつもの地味でマニアックな生活の開示となってしまった。

そういう意味で新鮮だったのは、「また同じことを言っている」と先輩がたにときどき思うことを、自分がやっていると気づくことだった。二〇二一年に書き始めて、ようやく枚数が揃ったのが二年後。当初は五十代半ばだったけれど、現在は堂々たるアラ還だ。昔書いたことを、あたかも今気づいたかのようにまた書き始める、という愉快なことを、編集者に指摘されて「あら」と気づく。それだけ、ものを忘れ、そして新しい刺激に出会うのは簡単ではないお年頃になっているということなのだ。

毎朝、お茶を淹れて、おめざの甘いものをいただく。何十年も続けていることだけれど、その湯呑に茶柱が立つことは、ほぼない。一度くらいあったか、なかったか。なんでも、茶柱が立つにはいくつかの条件が必要らしい。まず、茎が混ざっているような廉価なお茶であること。次に急須の茶こし部分が粗いこと。そしてお湯を注いだあとの茎の中に空気が入っていること。昔は今よりも茶柱が立つ現場に居合わせたものだが、最近めっきり見ないのは、皆が昔より少々いいお茶を、目の詰まった茶こしで淹れていることが原因なのか。少々、雑で、ぬけているほうが茶柱が立ちやすいようだ。そして湯呑に茶柱が立っているのを発見した時の驚きは、おそらくいくつになっても新鮮で、嬉しい。あれはなぜだろう。あんな小さな茶柱に。

私の、そして皆さんのありきたりな日々のどこかに、ときどき茶柱が立ちますように。

文藝春秋の石塚智津さん、馬塲智子さん、ゆっくりペースの私を最後まで見守ってくださった蟹井あやさん、デザインをしていただきました鈴木千佳子さん、この本に携わったすべてのみなさんに、心より感謝いたします。

最後までお読みいただき、ありがとうございました。

令和五年　冬

小林聡美

初出一覧

「小さな改革・洗髪篇」「リアル充実」「窓を開ければ」「無駄のありがたさ」「猫目線の空」「憧れのストピ」「エスカレーターの時間」「たっぷり生きる」「相棒と近未来」「ハロー、頭蓋骨」「どこ行く道」……『同朋』2021年4月号〜2022年3月号（東本願寺出版）

「ズームで大海へ」……『天然生活』2020年10月号（扶桑社）

「お弁当」……『天然生活』2022年4月号（扶桑社）

「ピアニストの私に必要なもの」……『暮しの手帖』第5世紀15号（暮しの手帖社）

その他は書きおろしです。

※本書掲載にあたり、一部タイトルを変更し加筆修正をいたしました。

小林聡美
こばやしさとみ
1982年、スクリーンデビュー。以降、映画、ドラマ、舞台で活動。主な著書に『ワタシは最高にツイている』『散歩』『読まされ図書室』『聡乃学習』『わたしの、本のある日々』など。

茶柱《ちゃばしら》の立《た》つところ
2024年3月10日　第1刷発行

著　者　小林聡美《こばやしさとみ》
発行者　小田慶郎
発行所　株式会社　文藝春秋
〒102-8008
東京都千代田区紀尾井町3-23
☎03-3265-1211
印刷・製本　大日本印刷

ISBN978-4-16-391817-4
Printed in Japan